억지로라도 쉬어가라

억지로라도　　쉬어가라

현종 지음

동식물 전도재 불행하는 평범한
현종 스님의 녹색 산문집

담앤북스

어느 생명이든 소중하지 않은 것이 없다.

생명이 있는 모든 존재는 행복해야 한다.

당신이 이 세상에서
가장 소중한 분입니다

"인생은 나그네 길, 어디서 왔다가 어디로 가는가?"

잘 알려진 대중가요 노랫말처럼, 우리는 우주의 작은 별 지구라는 곳에 누군가의 아들딸로 태어나 살고 있습니다. 다겁생多劫生의 인연으로 부모, 형제, 자매, 친구, 그리고 일생을 함께 동고동락하며 살아갈 배우자도 만난 것입니다. 하나하나 참으로 귀하고 소중한 존재입니다.

인생은 한 편의 연극입니다. 우리는 각자가 자신이 지은 업대로, 마치 연극에서 배역을 맡아 연기하는 배우처럼 인생을 살고 있습니다. 박수를 받을지 비난을 받을지는 공연이 끝나봐야 알 수 있습니다. 인생이란 연극에서 내가 맡은 배역은 머리를 깎고 부처님을 섬기며 부처님 가르침을 좇아 살고자 하는 승려입니다. 이 지구별을 잠시 지나는 나그네입니다.

밤에는 별을 보며 달빛에 취하고 낮에는 흘러가는 흰 구름을 보며 산새들을 벗 삼아 살고자 만월산 넉넉한 품에 보따리 풀었습니다. 벌써 20여 년이 훌쩍 넘은 시절 이야기입니다. 당시 이곳은 허허벌판이었습니다. 마당 귀퉁이에 벽돌로 얼기설기 쌓아 지은 화장실의 벽과 천장에는 뱀이 구불구불 기어다녔습니다. 이러한 사정을 모르고 화장실로 들어간 도시 사람들이 기겁을 하고 뛰쳐나오기도 하였습니다.

나는 이곳 현덕사를, 삶의 여정에 지친 사람이라면 누구라도 그 몸과 마음을 쉬어갈 수 있는 쉼터로 만들고 싶었습니다. 그런 바람 하나로 텃밭을 일구어 먹거리를 심고 가꾸었습니다. 울퉁불퉁 패인 흙길을 메우고, 나무를 심고, 무너진 축대를 고치고 다시 쌓기도 하였습니다. 그러면서 나의 일상을 틈틈이 글로 써 신문에 기고하였습니다.

그것을 모아 출판한 첫 산문집이『산사로 가는 즐거움』이
었습니다. 그 후로 10년이란 시간이 흘렀고, 그렇게 쓴 나
의 글도 세월만큼 쌓였습니다. 이 글들을 모아 이번에 두
번째 책을 내게 되었습니다.

　스스로를 '자연환경 지킴이'라 여기는 만큼, 환경과 관
련한 글을 많이 썼습니다. 자연환경이 살아야 우리 인간도
살 수 있는 것인데, 우리의 자연은 점점 무너지고 파괴되
어 가고 있습니다. 산림이 파괴되고 바다와 강과 호수가
오염되어 죽어가는 모습을 보며 슬픈 마음으로 글을 썼습
니다.

　현덕사에서 만난 좋은 사람들과의 인연에 감사한 마음
으로 쓴 글도 있습니다. 현덕사를 찾아 귀한 발걸음을 해
준 모든 분들은 정말 귀하고 소중한 인연입니다.

　이분들만큼 고마운 존재가 또 있습니다. 만월산 넓은

하늘을 날아다니는 산새들도, 철마다 잊지 않고 찾아와 아름다운 노래를 불러주는 철새들도 고마운 생명입니다. 소쩍새, 두견새, 쏙독새, 귀신새, 풀국새, 벙어리뻐꾸기 등등 귀한 새들도 참 많습니다.

가족의 품에 안겨 반려동물 천도재를 지내러 현덕사를 찾은 강아지, 고양이도 있습니다. 그들 역시 내게 귀한 손님입니다. 생전에 한 번도 만난 적은 없지만 생을 달리한 이들 영혼도 내겐 정성을 다해 모실 손님들입니다.

똑, 똑, 똑…. 새벽 도량석 목탁 소리가 들립니다. 어느새 길어진 밤하늘만큼 차가워진 공기를 온몸으로 느끼며 문을 엽니다. 동쪽 하늘에 샛별이 반짝반짝 빛나고 하현달이 아이의 눈빛만큼이나 초롱초롱한 빛으로 나에게 인사를 건넵니다. 참으로 귀엽고 예쁜 별입니다. 부처님께 삼배로 예를 올리고 고개를 들어보니 부처님이 자애로운 눈

빛과 환한 미소로 내려다보십니다. 내 마음속에 뭔지 모를 환희가 가득 차오릅니다.

두 번째 책을 내며 또 한 번 어느 것 하나 귀하지 않은 게 없고 소중하지 않은 인연이 없음을 가슴으로 깨닫습니다. 그리고 그 속에 참행복이 있음을 깨닫습니다. 참행복이란 홀로 우뚝 솟은 곳에 있는 게 아닙니다. 진정 아름다운 행복은 평범함 가운데 있는 것입니다.

천지 만물이 모두 다 존귀하고 소중하고 아름답습니다. 무엇보다 지금 이 글을 읽고 계신 당신이 이 세상에 제일 소중한 분임을 기억합니다. 정말 고맙습니다.

현덕사 고금당에서 **현종** 씀

story _ 01

망 동식물 영가

story _ **02**

초록을 꿈꾸며

story _____ 01

망 __ 동식물 __ 영가

세상의 모든 존재는
서로가 서로에게 의지하는
연기緣起의 관계에 있다.
동식물 천도재가
연기의 가르침을 마음에 새기고
생명 존중의 정신을 확산하는
초석이 되길 기원한다.

그 이상한 걸
왜 지내십니까?

1999년 7월 강원도 강릉시 연곡면 싸리골에 현덕사를 창건했다. 출가 후 줄곧 산승山僧으로 살아야겠다는 발원이 있었고, 수행자의 본분이 자연에 깃들어 이치를 깨닫는 수행에 있다는 믿음 때문이다.

해인사 강원(승가대학)과 중앙승가대학교를 졸업한 뒤 백두대간 진고개 아래 소금강 초입, 만월산 기슭에 터전을 마련했다. 지금이야 상전벽해지만 처음 이곳은 농가 한 채 덩그러니 놓인 허허벌판이었고 도로 사정도 좋지 않았다. 그래도 터 앉음새가 좋아 도량을 여니 불보살님의 가피加被

를 입어 삼성각을 시작으로 대웅전, 요사채가 들어섰고 극락전과 약사불이 자리를 잡았다.

사찰은 외형보다도 어떻게 운영하는지가 더 중요하다고 생각해 현덕사를 '문턱 낮은 절'로 가꾸고자 했다. 머물고 싶은 절, 소박해서 좋은 절로 만들고 싶었다. 지금도 현덕사 입구는 길이 매우 좁은데, 마당에 들어서면 넓은 하늘이 펼쳐진다. 하늘이 넓으니 햇빛도, 달빛도 좋고 밤하늘의 별빛도 눈에 가득 담긴다.

현덕사를 개원하고 얼마 뒤, 백중百中을 맞았다. 백중은 음력 7월 15일이며 우란분절이라고도 한다. 사찰에서는 우란분절에 돌아가신 부모와 선조를 위한 천도재를 봉행하는데, 이는 목건련이 지옥에 있는 어머니를 제도하기 위해 백 가지 음식을 차려 스님들에게 공양한 데서 유래한 것이다. 우란분절을 준비하다 문득 어린 시절 무심코 죽인 제비가 생각났다. 철없던 시절 장난을 치다가 빨랫줄에 앉은 새끼 제비를 죽였던 것이 출가 이후에도 줄곧 머리를 떠나지 않았기에, '망亡 합천 제비 영가'라는 위패를 만들어 천도재를 올렸다. 그렇게 기도를 올리고 나니 마음의 빚을 조금은 갚은 듯했다.

부처님께서는 '일체중생 실유불성一切衆生 悉有佛性' 즉 세상 모든 만물에 불성이 있다고 하셨다. 사람만이 아니라 동식물까지도 천도해야 할 대상인 것이다. 이후 이듬해부터 개산開山 기념일 즈음 '사람으로 다친 영혼, 사람으로 위로하다'라는 주제로 동식물 천도재를 올렸다. 인간의 탐욕으로 목숨을 잃은 동물과 식물을 위로하고 그들이 육도윤회의 굴레에서 벗어나길 발원하기 위해서다.

"스님, 동식물을 위한 천도재라니요? 그 이상한 것을 왜지내십니까?"

처음 동식물 천도재 봉행 소식을 알렸을 때 의아해하는 불자들이 많았다. 동물이나 식물을 천도한다는 말은 들어보지 못했을 뿐 아니라, 조상의 위패와 동식물의 위패를 나란히 둔다는 사실도 받아들이기 힘들었을 것이다.

하지만 해가 거듭될수록 동참하는 불자들의 태도가 달라지고 있다. 우리가 무심코 내디딘 한걸음에 풀이 밟히고, 고속도로나 큰길에서는 자동차에 치여 동물들이 목숨을 잃는다. 게다가 지금 이 시간에도 사람들의 편리를 위해 산하가 무참히 깎여나가고 있다. 천도재를 통해 이런 사실을 자각하고 자신의 아픔으로 받아들이고자 하는 것이다.

한 신도는 동식물 천도재에 참석한 뒤 길가에 죽어 있는 고양이나 고라니를 만나면 "지장보살 지장보살 지장보살" 하고 극락왕생을 발원한다고 한다. 예전에는 죽은 동물을 보면 끔찍하다는 생각에 외면했지만, 이제는 동물의 극락왕생을 발원하며 생명의 소중함을 깊이 생각하게 되었다는 신도도 있다. 자신과 인연 있는 동식물의 위패를 직접 만들며 자연의 고마움과 환경의 중요성을 알아가는 이들이 조금씩 늘어가니 뿌듯한 일이 아닐 수 없다.

세상의 모든 존재는 서로가 서로에게 의지하는 연기緣起의 관계에 있다. 동식물 천도재가 연기의 가르침을 마음에 새기고 생명 존중의 정신을 확산하는 초석이 되길 기원한다.

"스님, 동식물을 위한 천도재라니요?
그 이상한 것을 왜 지내십니까?"

동식물 천도재,
어떻게 하나요?

　20년 넘게 현덕사에서 동식물 천도재를 지내고 있다고 하면 질문이 쏟아진다. 천도재는 어떻게 지내는지, 위패는 어떻게 쓰는지, 집에서도 반려동물을 위한 천도재를 지낼 수 있는지 등등. 흔히 볼 수 없는 천도재다 보니 궁금증도 큰 모양이다.

　현덕사 동식물 천도재는 '사람으로 다친 영혼, 사람으로 위로하다'라는 주제 아래, 인간의 탐욕으로 희생된 동물과 식물이 육도윤회의 고통에서 벗어나길 발원하는 법석法席이다. '모든 존재는 불성佛性을 지니고 있다'는 부처님의 생명 존엄 가르침을 알리고 공존·공생의 문화를 확산하는 자리이기도 하다. 최근에는 키우던 반려동물의 극락왕생을 기원하며 위패를 올리고 축원하는 분들도 많아졌다.

먼저 탑다라니에 동식물의 위패를 모신다. 반려견이나 반려식물같이 자신과 인연을 맺었던 동식물의 이름을 적거나, 알게 모르게 뭇 생명에게 해를 가했던 이들이 참회의 뜻으로 이름을 적어 올린다. 또 로드킬을 당했거나 각종 개발 공사로 목숨과 보금자리를 잃은 오소리, 고라니 등 유주무주有主無主의 동식물 이름을 적기도 한다. '망亡 나무, 풀, 꽃, 이끼 영가', '망亡 뱀, 개구리, 두꺼비, 지렁이 영가', '망亡 까마귀, 까치, 꿩, 참새, 파리, 모기 영가', '망 애견 ○○ 영가' '망 애묘 ○○ 영가' 같은 식이다. 여기서 영가靈駕란 불교에서 영혼을 이르는 말이다.

다음으로 제단에는 수박, 사과, 바나나, 밤, 떡 등의 공양물을 정성스레 차린다. 그리고 불자들이 직접 그린 동식물 그림을 올린다. 특히 어린아이들의 그림을 보면 그 자체로 천진불天眞佛이라 느껴지기도 한다. 반려동물의 사진을 가져오는 분들도 있다.

동식물 천도재의 어린아이 그림은
그 자체로 천진불을 보는 듯하다.

발원문에는 급속한 산업화와 개발로 죽어간 동물과 식물, 차량에 의해 죽어간 동물을 비롯한 모든 중생의 천도가 이뤄질 수 있도록 지극정성으로 기도를 올린다. 동식물 영가를 위로하고 극락왕생을 기원한다.

천도재를 마치고 나면 함께 생명과 자연을 보호할 수 있는 다양한 방법을 생각해보는 시간을 갖는다. 가까운 거리 걸어가기, 일회용품 사용 자제하기, 텀블러와 장바구니 사용하기, 유기동물 보살피기 등 일상에서 실천할 수 있는 지침들을 공유하고 실천을 다짐한다.

현덕사의 동식물 천도재 절차를 간단히 소개했지만, 중요한 것은 형식이 아니라 마음이다. 조류독감으로 수많은 닭과 오리가 살처분된 해에는 이들을 위한 위패를 올리고, 동해안 산불로 큰 피해를 입은 해에는 동물과 식물 그리고 지역 주민을 위한 천도재를 봉행하기도 했다. 코로나19로 법회가 여의치 않았을 때는 예년같이 야단법석野壇法席을 마련하지 않고 법당에서 조촐하게 위령제를 지내기도 했다.

밤길을 걷다 풀에 불을 비춰보면 식물들도 잠을 잔다는 걸 알 수 있다. "살아 있는 모든 것에 불성이 깃들어 있다"는 부처님의 가르침을 절감하며, 풀 한 포기라도 함부로 대해선 안 된다고 다짐한다.

"어떠한 생물일지라도 약하거나 강하고 굳세거나, 긴 것이건 짧은 것이건 중간치건, 굵은 것이건 가는 것이건, 또는 작은 것이건 큰 것이건, 눈에 보이는 것이나 보이지 않는 것이나, 멀리 살고 있는 것이나 가까이 살고 있는 것이나, 이미 태어난 것이나 앞으로 태어날 것이나, 살아 있는 모든 것은 다 행복하라."

『자비경』의 구절처럼 모든 존재가 더불어 살아가고 서로 생명을 소중히 여길 줄 아는 마음을 일깨우기 위해 앞으로 동식물 천도재를 봉행하는 사찰이 더 많아지길 기대한다.

망 애견
김코코 영가

'망^亡 애견 김코코 영가'.

현덕사 대웅전 영단에 놓인 강아지 위패다. 영정 사진 속 하얀 털복숭이 강아지가 정말 예쁘고 귀엽다. 눈망울이 초롱초롱 빛나는 코코를 황망하게 보낸 가족들의 상실감과 슬픔은 말로 다 할 수 없을 것이다. 그러니 물어물어 이곳 강원도 강릉 현덕사까지 찾아왔을 것이다.

코코는 충청남도 세종시에서 온 강아지 영가다. 올해 일곱 살인데 갑자기 병이 들었단다. 온갖 용하다는 병원과 대형 종합병원까지 찾아다니며 치료했지만 결국 정든 가족의 품을 떠나 돌아오지 못할 먼 길을 떠났다. 가족들은 코코의 영혼을 위로하고 천도해주고자 현덕사를 찾아왔다. '사별의 슬픔은 산 자의 몫이다'라는 말처럼 가족들의 큰 슬픔이 고스란히 전해져 왔다. 그나마 다행스럽게도 코코가 낳은, 꼭 자기를 닮은 강아지가 상주로 함께 왔다. 상주 이름이 '김리즈'라고 해서 사람인 줄 알았는데, 만나 보니 강아지였다. 리즈는 재를 지내는 동안 신통하게도 얌전히 잘 앉아 있었다.

'한지'는 룩셈부르크에 사는 분의 반려견이다. 그분은 15년 동안 가족처럼 살았던 한지를 떠나보낸 후 현덕사에 사십구재를 부탁하며 그간의 사연을 들려주었다. 어릴 때 키우던 강아지를 가족들의 반대로 중간에 떠나보낼 수밖에 없었는데, 그때 강아지를 끝까지 지켜주지 못한 것이 일생 동안 후회와 죄책감으로 남았다고 한다. 그 강아지에게 못다 준 사랑과 애정을 한지에게 쏟아부었는데, 오히려 한지를 키우며 본인이 더 위로받고 즐겁고 행복했노라며 눈시울을 붉혔다.

해마다 천도재에 동참하는 '망 애견 이쁜이 영가'는 골

든리트리버의 위패다. 이쁜이의 주인은 "부모님께 혼나거나 형제들과 다툰 후 화가 나서 울고 있으면 항상 곁에 와서 눈물을 닦아주고 따뜻하게 안아주었다"고 한다. 형제자매 이상의 가족애를 느꼈기에, 매년 동식물 천도재에 참가해 이쁜이를 추억하고 극락왕생을 발원하고 있다.

현덕사 극락전 옆 키 큰 마가목 나무에 빨간 열매가 탐스럽게 열렸다. 파란 하늘과 어울려 한 폭의 그림을 만들고 있는 이 나무의 이름은 '표고'다. 7년 전쯤, 서울에 사는 혜진이가 울면서 전화를 했다. 키우던 개가 죽었다며 서럽게 울었다. 자그마하고 털이 까만 표고는 혜진이를 따라 현덕사에 자주 왔었다. 혜진이가 그토록 서럽게 울었던 이유는 표고와 18년을 함께 살았기 때문이다. 표고는 혜진이가 있는 방에는 누구도 들어갈 수 없게 문 앞을 지켰고, 조금만 큰소리를 내거나 때리는 시늉을 해도 마구 달려들어 짖어댔다. 혜진이네는 표고를 떠나보내고 현덕사에서 사십구재를 지낸 후 표고를 기념하는 나무를 심었다. 현덕사의 가을을 아름답게 만들어주는 '표고 나무'를 볼 때면 까만 표고의 눈빛이 떠오른다.

요즘은 키우던 고양이나 강아지가 세연世緣이 다해 죽으면 사람과 똑같이 장례식을 치러준다고 한다. 수목장을 하거나 반려견 전문 장지에 장사를 지내주기도 한다. 또 화장을 한 후 유골을 구슬로 만들어 집에 두거나, 심지어 목걸이로 해서 착용하고 다니는 사람도 보았다.

　우리나라의 반려동물 양육 인구가 1,000만 명에 달한다는 통계가 있다. 현덕사에도 흰둥이와 현덕이라는 개 두 마리가 살고 있다. 반려견과 반려묘의 천도재를 지내며 느낀 것은 이들도 사람과 다름없는 가족이라는 점이다.

　그런데 해마다 버려지는 반려동물 수가 12만 마리에 육박한다고 한다. 키우기 힘들다고, 병이 들었다고, 돈이 많이 든다고 버린다. 가족처럼 애지중지하던 강아지와 고양이를 하루아침에 길에 쓰레기 버리듯 버리고 떠난다. 주인에게 버려진 반려동물은 주인을 기다리며 헤어진 자리에서 한 발자국도 움직이지 않는다. 식음을 전폐하고 주인이 돌아오기만 기다린다. 이렇게 버려진 반려동물은 야생의 환경에 적응하지 못해 결국 죽거나, 유기동물 보호소에 가더라도 일정 기간이 지나면 안락사당하는 것이 현실

현덕사 대웅전 영단에 놓인 영정 속
강아지의 눈망울이 초롱초롱 빛난다.

이다.

생명에는 귀하고 천함이 없다. 가볍고 무거운 차별도 없다. 모두가 한 생명으로 이 지구에서 당당하게 살아갈 권리와 자유가 있다. 반려동물을 키우고 있거나 키우려는 사람들은 한 생명을 돌본다는 마음으로 끝까지 책임을 다해야 할 것이다.

실험실에서 죽어간
쥐들을 위한 위령제

이 세상에 올 때는 어디서 왔으며

죽어서는 어디로 가는가.

태어남은 한 조각의 구름이 일어남이요

죽는 것은 한 조각의 구름이 사라지는 것 같다.

생종하처래 生從何處來

사향하처거 死向何處去

생야일편부운기 生也一片浮雲起

부운자체본무실 浮雲自體本無實

오래전부터 알고 지내는 불교계 언론사 기자에게 전화가 왔다. 약사인 친구가 쥐의 영혼을 위로해주는 위령제를 지내고 싶어 한다고 했다. 지금까지 수많은 동물의 천도재를 지냈지만 쥐 천도재는 처음이라 조금 의아한 생각이 들었다. 재주齋主에게 이유를 물었더니 대학 시절 실험을 함께했던 선후배들과 위령제를 지내기로 했단다. 쥐를 실험용으로 사용한 것에 대해 지금까지도 미안함과 죄책감을 가지고 있었는데, 자신만이 아니라 선후배들도 같은 마음이라는 것을 알고 뜻을 모았다는 것이다.

　사람들은 살아가며 실수로든 아니면 어떤 목적을 위해서든 많은 동물과 식물을 해친다. 그리고 적지 않은 사람들이 자신으로 인해 죽어간 생명에게 미안함과 죄책감을 가지고 살아간다. 나 역시 어렸을 때 멋모르고 빨랫줄에 앉아 있는 제비를 죽인 것이 출가 이후까지 마음에 남아 해마다 현덕사에서 동식물 천도재를 지내고 있다.

　최근 동물실험에 대한 규제가 엄격해지고 동물실험을 대체할 기술도 발전하고 있다고는 하나, 해마다 신약 개발 과정에서 수억 마리의 동물이 희생된다. 지금 이 시간에도 전 세계의 실험실에서 쥐와 토끼, 개, 고양이, 돼지, 새, 원숭이 같은 동물들이 인간을 위해 목숨을 잃고 있다.

실험용으로 가장 많이 희생되는 쥐는 인간과 오랜 세월을 함께한 동물이다. 나는 어려서는 농촌에서, 지금은 산속에 살다 보니 자연스럽게 쥐와 더불어 살고 있다. 간혹 쥐를 가까이서 보기도 하는데 작은 눈을 굴리며 쳐다보는 모습이 귀엽기도 하다. 모든 생명이 그러하듯 쥐도 이 세상에서 당당하게 살아갈 권리가 있다. 억울하게 죽어간 쥐들의 영혼이나마 위로하기 위해 천도재를 지내기로 결정했다.

쥐 위패를 어떻게 써야 할지 고민하고 있을 때 서울에 사는 불자 가족이 여행 중 현덕사를 방문했다. 함께 차를 마시며 얘기하던 중 같이 온 딸이 미대생이라고 인사를 했다. 마침 쥐 위패를 쓰려던 참이니 도와달라고 했더니 흔쾌히 그림을 그려 보내줬다. 지금까지 쓴 동식물 천도재 위패 중 단연 최고였다. 위에는 '망 애혼 쥐 영가'라고 적고, 아래에는 반야용선般若龍船을 타고 있는 쥐들을 예쁘게 그렸다. 위패 자체가 하나의 훌륭한 작품이었다. 재를 다 지낸 후 그냥 태워버리기에 아까운 마음이 들었지만, 깨끗하게 보내주자는 의미로 불살랐다. 천도재를 지낸 재주들의 얼굴이 한결 밝아졌음을 느낄 수 있었다.

4월 24일은 세계 실험동물의 날이다. 1979년 영국의 동물실험반대협회가 연구를 목적으로 전 세계 실험 현장에서 일어나고 있는 동물의 희생을 종식하고 동물실험을 대체할 첨단 기술을 모색해나가자는 취지로 제정한 날이다. 이날 세계 곳곳에서 동물실험을 반대하는 행사가 열린다. 불필요하거나 반복적인 생체 실험을 중단하기 위한 각종 캠페인과 입법 촉구 활동도 펼쳐진다.

부처님 계율 중 으뜸이 불살생계不殺生戒다. 살아 있는 생명을 죽이지 말라는 것이다. 앞으로 동물실험을 대체할 기술이 개발되어 무고한 동물들이 더 이상 희생되지 않길 바란다.

산불과 살처분으로 희생된
동식물을 위해

해마다 동식물 천도재를 봉행하다 보니 색다른 위패가 모셔질 때가 있다. 2006년 열린 동식물 천도재에서는 한국 조류보호협회에서 치료를 마친 솔부엉이와 소쩍새 등을 방생하며 야생동물을 위한 위패를 올렸고, 이후 구제역과 조류독감으로 살처분된 가축의 넋을 위로하는 위패를 올리기도 했다.

2000년대에 들어 아프리카돼지열병, 조류인플루엔자, 구제역 등과 같은 가축전염병이 많이 발생하면서 해마다 수천만 마리의 돼지와 가금류를 살처분하는 일이 되풀이 되고 있다. 특히 전염병이 발생한 농가의 주변에 있다는 이유만으로 자행되는 예방적 살처분을 둘러싼 논란이 거셌다. 여전히 동물을 죽여서라도 감염병 확산을 막아야 한다는 측과, 생명 존엄성을 이유로 살처분을 반대하는 측이 팽팽히 맞서고 있다. 어쨌든 살처분으로 인한 토양 오염과 수의사나 공무원 등 살처분을 집행해야 하는 이들의 정신적 고통, 산 채로 매장되어 죽어가는 동물의 고통 등 적지 않은 문제가 있는 것이 사실이다.

현덕사에서 살처분된 가축들을 위한 천도재를 지낸 후 참가자들과 지나친 육식 습관과 공장식 축산이라는 근본적 문제를 되짚어보는 시간을 가졌다. 부디 예방적 살처분을 최소화하고 전염병을 키우는 사육 환경을 개선하는 등 다각적인 대책이 마련되길 기원한다.

한편 2019년에는 강원도 동해안 지역의 대형 산불로 희생된 동식물을 위해 위패를 올렸다. 사람의 부주의로 발생한 산불로 수많은 생명이 죽었다. 특히 묶여 있던 개와 소 같은 가축이 큰 피해를 입었다. 살아남은 동물들도 털이 타고 화상을 입었다. 활활 타오르는 불길 속에서 죽음의 공포와 고통에 시달렸을 것을 생각하면 마음이 아프다. 시커멓게 탄 나무들을 볼 때도 가슴이 미어졌다. 자연스레 불을 낸 사람에 대한 원망이 올라왔다.

산불이 발생한 직후 바로 성금함을 만들어 부처님 전에 놓았다. 많은 분들이 안타까운 마음으로 성금을 보시했고 현덕사에서 모연한 금액까지 합해 산불 피해자 돕기 성금으로 기부했다. 불자들이 기꺼이 모금에 동참하는 것을 보며 아직까지 어려운 이웃을 돕는 아름다운 마음이 살아 있음에 감사했다.

삶의 터전인 집과 일터가 화마 속에 사라지는 것을 보며 망연자실했을 주민들의 얼굴이 눈에 선하다. 보금자리와 손때 묻은 가재도구를 잃고 불시에 이재민이 되어 강당이나 남의 집에서 생활하는 분들의 고생은 이루 말할 수 없을 것이다. 그분들의 상처 입은 마음을 위로해드리는 한편, 정부와 지방자치단체에서도 신속히 피해 복구에 나서 자립의 기반을 만들어주길 바란다. 그래야만 주민들이 하루빨리 아픔을 딛고 일어나 새로운 삶을 일구어나갈 것이다.

이처럼 매년 다양한 위패가 올려진다는 것은 그만큼 동식물이, 나아가 지구가 아프다는 방증이다. 벌과 나비가 살 수 없으면 당연히 우리 인간들도 살 수가 없다. 그런데도 세상천지에 인간이 사는 곳이라면 '개발'이라는 미명하에 자연환경이 마구 파괴되고 있다. 산을 깎아 길을 내고, 갯벌과 바다를 메우고, 구불구불한 하천이나 실개천을 일직선으로 만들어놓으니, 비가 조금만 와도 산사태가 나고 물바다를 이룬다. 무분별한 개발로 희생된 것이 어찌 동식물뿐이랴.

동식물 천도재가 인간의 욕심으로 희생된 동식물 영가를 천도하는 데 그치는 것이 아니라, 생명과 자연의 소중함을 인식하고 공존공생의 문화를 만들어가는 데 보탬이 되어야 한다. 나의 이러한 염원은 올해도 내년에도 그 후년에도 계속될 것이다.

차상옥 영가의
사십구재

　　현덕사에서는 가끔 사십구재를 지낸다. 예전에는 불자가 아닌 분들도 사십구재를 지냈는데, 이제는 불자도 사십구재를 잘 지내지 않는다. 칠재 전부를 지내는 경우도 거의 없고 초재나 막재 정도만 지낸다. 당일 탈상하는 집도 많다고 하니 안타깝다.

　　영가를 천도하는 재는 자식 형제 간 우애를 키우고 가족애를 북돋우는 화해와 치유의 자리다. 번거롭다든지 죽은 뒤 무슨 소용이냐는 식의 폄훼는 재를 제대로 모르고 하는 소리다. '조상을 잘 모시는 사람은 반드시 잘 살고 행복한 가정을 이룬다'는 말은 죽음을 앞둔 어르신의 사탕발림이 결코 아니다.

얼마 전 현덕사에서 사십구재를 모신 경주 차상옥 영가의 가족이 이를 잘 보여준다. 거리가 멀어 재를 지내기 전날 다들 절에 왔다. 어릴 때 한 이불을 덮고 자던 형제라도 성인이 된 뒤에는 한방에서 잘 일이 거의 없다. 아마 각자 가정을 꾸린 형제들이 한방에서 지낸 것은 이날이 처음이었을 것이다. 돌아가신 어머니, 아버지, 살아가는 이야기로 밤을 새웠을 것이다. 사위 중 한 명이 서예가였다. 두루마리에 장문의 편지를 붓글씨로 써서 영가 전에 올렸다.

어느 누구에게나 부모님은
위대하고 무량공덕입니다.
만권의 책이며 작은 도서관입니다.
일생을 만인의 귀감으로 사셨고
소리 없이 몸소 이끌어주셨습니다.
이제 고귀한 살림살이는 역사가 되었고
기억이고 추억일 뿐

인자한 말씀도 따뜻한 미소를

이제는 더 볼 수 없어

애통함이 하늘을 찌릅니다.

　두루마리 글 중 일부다. 돌아가신 어머니를 추모하는 자식의 애절한 심정을 담은 글은 법당에 앉은 가족을 울렸다. 막상 장례 때는 처음 겪는 엄청난 슬픔과 상실감으로 아무 경황이 없이 지나간다. 그랬던 가족들이 사십구재 동안 차차 슬픔이 잦아들고 이별의 현실을 직시하게 된다. 부모님 유훈을 되새기고 형제자매 간 우애를 돈독히 하는 계기가 된다. '조상 잘 모시면 잘 산다'는 말이 나오는 이유다.

　모든 사람이 겪는 사별의 고통과 슬픔을 어느 쪽으로 승화할 것인가는 남은 자의 몫이다. 차상옥 영가의 자식들은 사십구재를 지내며 형제 간 우애를 나누고 돈독하게 다진 듯했다.

흰둥이와
현덕이

현덕사에서 흰둥이와 현덕이라는 두 마리 반려견과 함께 살고 있다. 흰둥이와 현덕이는 사찰을 처음 방문하는 사람들이 느낄 수 있는 어색함을 아주 자연스럽게 풀어준다. 템플스테이 참가자들과 놀아주기도 하고 포행길도 안내한다.

흰둥이는 나이가 많다. 사람 나이로 치면 구순이 훨씬 지났다. 아주 어린 강아지 때 현덕사에 왔는데 하얀 털이 북실북실한 것이 참 귀엽고 예뻤다. 세월 앞에 장사 없다더니, 지금은 그 귀엽던 모습은 온데간데없고 틈만 나면 눕는다. 소리를 잘 듣지 못하고, 다리까지 약간 전다. 어쩌면 이별이 오래지 않아 다가올지도 모르겠다는 생각이 들어 흰둥이의 장수 사진을 찍어놓았다.

흰둥이는 유기견 센터에서 데리고 왔다. 강아지 때는 사람의 손길을 질겁하고 피했다. 안타까웠다. 누군가에게 학대를 많이 받은 듯했다. 오랜 기간 보살님들이 진심을 다해 흰둥이의 얼어붙은 마음을 녹이려 노력했다. 그러자 흰둥이의 마음이 차차 열렸나 보다. 지금은 모든 이의 사랑을 독차지하고 있다.

20여 년 동안 함께 살며 흰둥이에 얽힌 추억이 참 많다. 그때는 나도 40대 후반이었다. 그래서 시간만 나면 산행을 했다. 흰둥이는 그 짧은 다리로 온 산을 따라 다녔다. 흰둥이보다 먼저 온 검둥이가 있었는데 아주 의젓한 신사 같았다. 절에 온 손님들을 반가이 맞아 안내하고, 갈 때는 절 입구 버스 정류장까지 배웅도 해주었다. 검둥이는 먹을 때도 점잖았다. 흰둥이는 강아지 때 식탐이 많았는데, 검둥이가 항상 흰둥이에게 먼저 먹도록 양보했다. 그렇게 식탐이 많던 흰둥이도 자기보다 열 살은 어린 강아지 현덕이가 처음

왔을 때 먹을 것을 양보하고 도와주었다. 마치 예전에 검둥이에게 보고 배운 것을 그대로 따라 하는 것 같았다.

인생사, 견생사가 다 그러하듯 좋은 추억만 있는 것은 아니다. 어느 날 포행길에 흰둥이가 이웃집 큰 개에게 물려 사경을 헤매어 병원에 입원한 적도 있었다. 다행히 치료가 잘되어 지금까지 잘 살고 있다. 나이 들어서는 슬개골이 탈골되어 수술을 두 번이나 했다. 수술비가 많이 들었지만 아픈 것을 뻔히 아는데 치료를 그만둘 수 없었다. 그때 수술 후유증으로 다리를 약간 절게 되었다.

현덕이는 이제 일곱 살 생기발랄한 숙녀견이다. 조금만 기분이 좋아도 온 마당을 휘젓고 뛰어다니며 재롱을 부린다. 내가 외출해서 늦게 들어와도 항상 내 처소까지 뛰어와서 반긴다. 온몸으로 좋아하는 마음을 표현해주는 그 몸짓에 가슴이 뭉클해질 때가 많다. 예전에는 흰둥이가 북실북실한 털을 날리며 달려오곤 했는데, 지금은 나이가 많아서 그런지 그저 바라만 보고 있다. 그래도 무거운 몸으로 내게 문안 인사를 하러 온다.

사람과의 관계는 즐겁고 행복하기도 하지만 때로는 공

허하고 허무하기도 하다. 그렇지만 강아지와 있을 때는 한 번도 다른 생각을 가져본 적이 없었다. 모습만 다를 뿐 좋아하고 사랑하는 마음은 사람과 하나도 다를 바가 없다. 오히려 헌신적인 사랑은 강아지가 훨씬 더 깊고 절대적이다. 반려동물은 어떠한 경우라도 주인을 버리거나 미워하지 않는다.

이 세상에 존재하는 모든 생명들은 다 고귀하고 소중하다. 생명에는 더 귀하고 덜 귀한 게 없다. 어떤 생명이든 존중받아야 하고 보호받아야 한다. 우리 절의 터줏대감인 흰둥이와 현덕이도 당당한 현덕사의 오부대중五部大衆이고 주인이다.

유기견 센터에서 데려온 흰둥이는
지금 사랑을 독차지하고 있다.

현덕사의 고참
흰둥이

우리 절에서는 나 다음으로 흰둥이가 고참이다. 20여 년 동안 같이 살았다. 사람으로 치면 흰둥이 나이는 백 살이 다 되어간다. 일곱 살 먹은 현덕이도 우리 절의 대중이다. 세 번째다. 흰둥이는 점잖은 시골 할아버지 느낌이라면 현덕이는 까칠한 아가씨 같다. 지난 늦가을에 모 방송국의 프로그램을 현덕사에서 촬영했다. 물론 방영도 되었다. '단짝'이라는 이름의 프로그램으로, 반려동물과의 관계가 소재다.

친밀한 단짝을 촬영하는데, 찍으면 찍을수록 단짝이

아닌 어긋한 모습만 연출되었다. 흰둥이나 현덕이는 나를 보면 괜스레 피하고, 오라고 해도 꿈쩍도 안 하고, 다가가면 매정하게 달아나기만 했다. 할 수 없이 촬영을 중단했다. 촬영 팀은 철수하여 계속 촬영할지 말지 생각하는 시간을 가졌다. 결국 추운 날씨에 밤낮으로 촬영한 시간과 노력이 아까워 다시 심기일전하여 찍기로 했다.

반전이 일어났다. 동물의 행동을 교정하는 분을 초대하여 그분 지도하에 관계 개선을 위한 교육 후, 강아지들의 행동이 달라진 것이다. 그전에는 처다만 봐도 슬슬 피했는데, 이제 간식을 주면 잘 받아먹기도 하고 만지고 안을 수도 있다. 심지어 내 방 앞에 와서 먹을 것을 달라고 "스님" 하고 부르기도 한다. 특히 현덕이가 더 애교를 부리고 예쁜 짓을 잘한다. 다른 사람 귀에는 '멍멍' 소리로 들리겠지만 내 귀에는 '스님'으로 들린다.

흰둥이는 아주 어린 강아지 때 왔다. 하얀 털이 북실북실 참 귀엽고 예뻤다. 하지만 세월 앞에 장사 없다더니, 지금은 그 귀엽고 예뻤던 모습은 온데간데없고, 틈만 나면 앉고 눕고 걸음걸이도 완전히 노인이다. 다리까지 약간 전다. 이별이 오래지 않아 다가올 듯하다. 이별 준비로 지난 가을 촬영 때 흰둥이의 장수 사진을 찍어놓았다. 공양실에 떡하니 걸려 있다.

현덕사까지 매일 산책하는 사람들 중에 한 보살님이 있었다. 그런데 흰둥이가 그분의 다리를 물어버렸다. 흰둥이 마음에 쌓였던 응어리가 있었나 보다. 그 보살님이 검둥이만 편애하고 흰둥이를 싫어했다. 그것이 서운해서였을까. 동물들도 사람하고 똑같다. 희로애락을 느낀다. 좋은 일에는 기뻐할 줄 알고 안 좋은 일에는 슬퍼할 줄 안다. 좋으면 이리저리 날뛰며 즐거워할 줄도 알고, 기분이 나쁘면 삐쳐 토라질 줄도 안다. 영락없는 사람의 마음이고 행동이다.

사람이고 동물이고 가릴 것 없이 이 세상 모든 생명들은 소중한 존재다. 유기견 센터에서 강아지 때 데려온 흰둥이는 우리 절에서 모든 이의 사랑을 받는 존재로 자리 잡았다.

흰둥이의
장수 사진

현덕사 대웅전 영단에는 사람들 영정 사진과 함께 강아지 영정 사진이 놓여 있다. 위패에 이름도 당당히 쓰여 있다. 들어온 순서대로 '망 애견 시츄 김송 영가', '망 애견 말티즈 자비 영가', '망 애견 말티즈 토리 영가' 등등이다. 극락전에 달린 영가등에도 반려견이나 반려묘 영가등이 많다. 반려인들은 반려동물이 죽은 다음에도 잊지 못해 영가등을 달거나 해마다 제사를 지내기도 한다.

반려동물과 맺었던 반려인의 인연을 들어보면 구구절절 애달프고 감동적이다. 처음에는 강아지가 불쌍하고 측은해서 키웠는데, 어느 순간부터 자신이 강아지에게 위로받고 도움받는다고 한다. 나도 현덕사에서 흰둥이, 현덕이와 같이 산다. 내게도 그 아이들이 변치 않는 가족이다. 누구처럼 서운하게 했다고 토라지거나 떠나지 않는 가족 같은 존재다.

현덕사는 사람을 위한 사십구재나 천도재보다 반려동물을 위한 재가 더 많다. 가끔 다른 스님들이 동물의 영단 차림을 어떻게 하느냐고 묻는다. 사람과 다를 게 없다. 똑같이 차린다. 떡을 하고 과일과 나물도 올리고 전도 부쳐 올린다. 사람들 상차림보다 한두 가지가 더 올라가기도 한다. 반려동물이 평소 좋아하던 음식을 더 올리기 때문이다. 염불도 사람과 똑같이 한다.

현덕사에서 동식물 천도재를 시작한 동기는 출가 전 내 잘못된 살생을 반성하는 것에서 비롯되었다. 아주 어릴 적 어느 여름날, 집 마당 빨랫줄에 앉은 새끼 제비를 막대기로 때려죽였다. 새끼 새가 툭 떨어져 파닥거리며 죽는 장면이 내 마음에 큰 죄책감으로 남아 있었다. 그 마음으로 현덕사 개산을 한 해에 7월 백중 기도를 하면서 영단 위패에 '망 합천 제비 영가'라고 써서 재를 올렸다. 사람들 위패와 함께 재를 올렸다. 처음에는 신도들의 반발과 비난이 많았다. 어떻게 제비 위패를 우리 조상 위패와 같이 모시느냐고 말이다. 그런데 지금은 많은 게 바뀌었다. 반발하던 사람들이 자기가 키우던 개가 죽으니 사십구재를 지내달라고 요청할 정도다.

현덕사 공양실 벽에는 내 사진은 없지만 우리 흰둥이 사진은 떡하니 걸려 있다. 지난가을 방송 촬영을 하면서 흰둥이 장수 사진을 찍어 걸어둔 것이다. 언젠가 흰둥이가 무지개다리를 건너는 날 영정 사진으로 쓰기 위해서다.

현덕사에서 나와 20여 년을 같이 산 흰둥이. 수많은 신도들이 이곳을 방문했고 같이 살기도 했지만, 많은 이들이 세상을 떠났다. 하지만 흰둥이는 여전히 내 곁에 함께한다. 포행을 가면 뒤뚱거리며 따라나선다. 나이 때문에 다리를 저는 모습이 안쓰러워 이제는 따라오지 못하게 한다. 인연이 다해 흰둥이가 이 세상을 떠나면 정성껏 장례를 치르고 사십구재도 잘 지내주련다.

반려동물을 키우는 사람에겐 자비심이 하나 더 있다.

현덕사 공양실 벽에는 내 사진은 없고
흰둥이 장수 사진만 걸려 있다.

다른 이에게 사랑을 주듯, 동물에게도 그럴 테니까. 강아지 천도재를 지내다 보면 눈물을 흘리고 슬퍼하는 사람들을 볼 수 있다. 반려동물도 진짜 가족이다.

현덕사에서는 개산 이후 해마다 가을이면 동식물 천도재를 지내고 있다. 전국에서 많은 반려인들이 동참하여 같이 지낸다. 생명에는 차별이 없다. 어떤 생명이든 소중하고 귀하다. 동물은 우리 인간하고 모습만 다를 뿐이지, 누군가를 좋아하고 사랑하고 그리워하고 보고 싶은 마음은 사람과 똑같다. 특히 스님들이 강아지나 고양이를 키우면 수행에 크게 도움이 된다. 그들에게 대자비심과 절대적인 사랑을 배울 수 있기 때문이다.

산짐승도 살아야 할
동물 가족

　멧돼지의 횡포가 이만저만이 아니다. 지난봄 삽과 괭이로 땅을 파고 두둑을 만들어 거름을 하고 정성을 다해 옥수수를 심었다. 나 혼자라면 엄두도 못 냈을 텐데 인천에서 템플스테이 온 가족들이 울력 체험으로 옥수수 심기를 한 것이다. 사람들이 많아도 굳은 땅을 파고 뒤집고 고르고 한 구덩이 한 구덩이 심기를 오전 내내 했다. 온몸이 땀범벅이 되었다. 그렇게 애지중지 키운 옥수수를 멧돼지가 몇 날 며칠 동안 밤에만 살짝 와서 자르고 뭉개고, 말 그대로 쑥대밭을 만들어놨다.

땡볕 아래 잡초 매기를 몇 번이나 했다. 물론 비료도 주고 말이다. 그랬던 옥수수를 하나도 못 먹었다. 아예 맛도 못 봤다. 여름 휴가철에 템플스테이 온 사람들과 맛있게 먹을 계획이었는데 완전히 헛꿈이 되어버렸다. 망가진 옥수수밭을 보며 멧돼지가 무척이나 원망스럽고 서운한 마음 한가득이었다. 조금만 먹고 말겠지, 조금은 남겨두겠지, 했는데 한 포기도 성한 게 없었다. 날마다 다니는 포행길에 이웃의 옥수수밭이 있다. 그 밭 주인이 부지런해서 둘레에 짐승이 못 들어가게 울타리를 쳐놓았는데도 멧돼지들이 망가뜨린 것을 봤다. 그들도 나름의 계획이 있는지 절대로 한번에 다 먹어치우는 게 아니었다. 끼니때마다 먹는 듯했다.

옥수숫대를 전부 자르고 뭉개 쓰러뜨린 것은 새끼를 먹이기 위함이라는 말을 농사짓는 마을 사람에게 들었다. 불상생을 최고의 계율로 삼는 수행자이기에 멧돼지를 잡을 수도 없는 노릇이다. 놀이 삼아 농사를 한 나도 이렇게 속상하고 미운데 전업으로 농사를 짓는 농민들의 마음은 얼마나 아프고 원망스러울까.

멧돼지뿐만 아니다. 작년에는 요사채 앞에 고추와 상추 등 갖가지 채소를 심어놨는데 하나도 못 먹었다. 연통에 연도 꽃이 피기도 전에 고라니가 다 먹어버렸다. 그나마 올해는 고라니가 오지 않아 여름 반찬으로 최고인 풋고추와 상추쌈을 매일같이 즐겨 먹는다. 백련, 홍련, 수련도 별 탈 없었다.

얼마 전 화천에서 온 분과 포행하며 멧돼지의 만행(?)을 토로했는데, 그곳에는 멧돼지가 한 마리도 없단다. 지난해 아프리카돼지열병이 유행할 때 다 죽은 것 같다고 했다. 그 말을 들으며 여기는 비록 농작물에 피해를 주긴 하지만 멧돼지가 살아 있다는 사실만으로도 반가운 마음이 들었다.

멧돼지, 고라니, 산토끼가 없는 산은 생각만 해도 황량하고 삭막하다. 산행을 하다 산토끼나 노루의 동글동글한 귀여운 똥이 보이면 비록 그 동물을 직접 보진 못해도 흐뭇한 마음이 든다. 멧돼지가 칡뿌리를 먹으려 헤집어놓은 흔적을 보면서도 반가운 마음이 일어난다. 소나무 가지에 지어진 새집들이 드문드문 보이면 살아 있는 산의 느낌을 받는다.

농사를 짓는 사람들은 고라니나 멧돼지의 해작질에 질색을 한다. 그렇지만 산짐승들도 같이 살아야 할 동물 가족이다. 산새나 동물이 하나도 없는 산을 상상해보라. 쓸쓸하고 삭막한 풍경이 아닐 수 없다. 인간은 동물, 식물과 함께 살아가야 할 공동 운명체다. 동물과 식물은 이 산, 이 땅에 먼저 터를 잡고 살아온 진짜 주인이다. 오히려 인간들이 더부살이하면서 자신들의 편리를 위해 마구잡이로 개발하면서 환경 파괴를 초래한 것이다. 자업자득이고 인과응보다. 이제라도 자연과 더불어 살아가는 지혜를 모아야 할 때다.

story _____ 02

초록을 ___ 꿈꾸며

'국토 청정 마음 청정'을
추구하는 우리 불교도
후세에 온전한 지구를 남겨주려면
환경보호를 위한 노력이 더욱 필요하다.
내일은 늦다.
지금 바로 실천해야 한다.

녹색사찰
제25호

얼마 전 현덕사에서 작지만 매우 의미 있는 행사가 열렸다. 녹색사찰 현판식이다. 거창하게 할까 싶었지만, 연휴 바로 뒤라 조촐하게 진행했다. 녹색사찰 현판식의 의미는 지구를 살려서 인류를 구하자는 것이다. 자연환경을 보호해 지구에 사는 모든 생명체가 행복하게 살자는, 불교환경연대가 주관하는 운동이다. '우리가 지키면 우리를 지킨다'는 표어처럼, 환경보호는 결국 우리가 사는 길이다.

2018년 경기도 고양시 금륜사가 녹색사찰 1호 현판을 걸었다. 현덕사는 스물다섯 번째, 25호 현판이다. 전국의 암자나 사찰마다 녹색사찰 현판이 걸리고 불자들이 솔선해서 환경 지킴이가 되었으면 하는 바람이다.

지금 온 지구가 아프다. 너무나 많이 아파 회복 불가능 상태다. 세계적으로 유명한 환경학자들이 인류가 생존 위기에 직면해 있다고 경고한다. 세계 도처에서 일어나는 폭염, 산불, 물난리가 그 징조다. 인간이 자초한 일이다. 편리함만을 추구하는 이기심과 채워도 만족할 줄 모르는 탐욕 때문이다. 산과 바다를 닥치는 대로 깎고 메우고 개발하며, 물건을 분수에 넘치게 과잉 생산하고 과소비한 과오를 되돌려 받고 있다.

시내를 오갈 때 일부러 절에서 가까운 바닷길로 다닌다. 어느 날인가 모래사장을 바닷물이 완전히 뒤덮고 있었다. 갈매기가 떼 지어 놀던 곳, 여름에 헤엄치며 놀던 곳이었다. 이대로라면 파도가 도로를 파괴하고 집들을 집어삼킬 날이 언제 일어날지 모를 일이다. 지구 온난화로 만년설이 녹아 하천이 범람하고, 남극의 빙산이 무너져 바다 수위를 높인다. 오래지 않아 바닷가 마을들은 모두 물에 잠길 것이다. 도로나 건물만 잠기는 게 아니고, 우리의 추억과 정신마저 물밑으로 가라앉을 것이다. 오래전부터 바닷속 환경이 오염되고 망가져 어민들이 아우성이다. 해조류나 조개, 물고기 등이 안 잡혀 조업을 못 나갈 지경이다.

자연환경을 지키고 보호하는 데 이 지구의 모든 사람이 발 벗고 나서야 한다. 다음으로 미루면 안 된다. 내일은 늦다. 당장 나부터 덜 쓰고 덜 버리기를 실천해야 한다.

자연이 건강해야
인간이 행복하다

　　지구상에는 수많은 사람들이 주어진 환경에 순응하며 살고 있다. 정도의 차이는 있겠지만 어느 곳이나 1년 열두 달 계절과 기후의 변화가 있다. 그중 우리는 복 받은 사람들이라 사계절의 변화를 맛보며 자연을 즐길 수 있다.

　　3월이면 온 산천에 앞다투어 피어나는 꽃들을 보면서 봄이 왔음을 알고 생명의 숭고함을 느낀다. 꽃도 피는 순서가 있다. 눈 속에서 피는 복수초를 시작으로 매화, 노루귀, 산수유, 개나리, 할미꽃 등이 연이어 피고, 5월에는 찔레꽃이 한창 피어난다. 조금 있으면 자줏빛 붓꽃이 예쁘게 필 것이다. 칡꽃도 골짜기마다 피게 될 것이다.

　새소리도 아름답다. 봄눈이 녹을 때쯤이면 슬픔을 머금은 울음소리의 풀국새 노래가 들린다. 새벽에 귀신새 울음소리가 들리면서 두견새도 오고 소쩍새가 밤새 우는 것을 듣고 즐기노라면 어느새 봄이 가고 여름이 온다. 5월의 끝자락에는 휘파람새와 호반새의 아름다운 노래가 하루 종일 들린다. 지금은 행운을 불러온다는 파랑새가 하늘을 날며 노래하고 있다. 새벽 동틀 때부터 밤이 새도록 각자의 사연을 갖고 울고불고 노래한다. 우리 절에 오는 사람들은 자연을 느끼며 천당이든 극락이든 바로 이런 곳일 거라고 좋아들 한다.

　그렇지만 예전과 너무 많이 달라졌다. 새는 묵은 둥지에 다시 들지 않기에 새집들을 깨끗이 청소하고 기다렸는데, 올해는 한 군데도 들지 않았다. 짝을 맺은 새들이 둥지 틀 곳을 찾아 온 절을 헤집고 다녔는데, 올해는 많이 줄어들었다. 그 많던 새들이 다 어디로 갔는지 궁금하다. 다행인 것은 개체 수는 줄었지만 올 새들은 다 온 것 같아 그나마 위안이 된다.

이젠 여름새인 꾀꼬리를 기다리고 있다.

예전 이맘때쯤에는 현덕사 언덕길을 오르내릴 때 몇 번이나 차에서 내리고 타기를 반복했다. 차에 치어 죽은 뱀이나 개구리, 고라니, 다람쥐 등을 그냥 두고 볼 수 없었기 때문이다. 사람이 아닌 작은 동식물도 이 땅에서 즐겁고 행복하게 살아갈 권리가 있다. 인간의 욕망 앞에 죽어간 불쌍한 영혼들이기에 짧은 기도와 함께 영원히 편히 쉴 수 있는 자연의 품으로 돌려보내 주곤 했다. 그런데 올해는 아직까지 이 길에서 동물들의 죽은 모습을 보지 못했다. 잘 피하면서 사는 것인지 개체 수가 줄어 차에 치이지 않은 것인지 궁금하다.

얼마 전 몇몇이 모여 누군가가 가지고 온 잘 마른 미역귀를 먹었다. 짭조름하면서도 씹을수록 달짝지근한 맛에 다들 좋아했다. 그런데 모양도 맛도 옛것과 비슷하지만 어딘가 모르게 두께가 아주 얇아져 있었다. 어릴 때 먹었던 것은 바짝 말라도 도톰한 게 향기가 입안 가득했다. 바다 환경도 심각한 변화가 찾아오고 있는 것이 분명해 보였다.

가까운 주문진 항구에 가면 어부가 갓 잡아온 생선들

을 사고파는 장사꾼들과 손님들로 왁자지껄해 생기가 넘쳐났다. 그런데 바다도 점점 말라버려 고기가 많이 잡히지 않으니 요즘 그런 모습을 보기도 쉽지 않다.

모두 인과응보라 생각된다. 바다의 백화 현상으로 물고기와 조개류, 해초류가 죽어간다는 보도를 심심치 않게 접하고, 육지의 온갖 폐수 쓰레기가 바다로 흘러들며, 무분별한 남획으로 치어가 자라기도 전에 싹쓸이 당한다.

조금 있으면 여름 장마철이다. 인간들의 끝없는 욕심 때문에 온 산천에 뿌려진 화학비료, 살충제, 제초제가 빗물에 씻겨 강물에 녹아 바다로 흘러들어 오는 것을 결국 바다도 이기지 못하고 있다.

우리 절 현덕사 옆에도 작은 계곡이 있다. 몇 년 전만 해도 가재가 흔하게 살았다. 비가 오는 날이나 장마철에는 물을 따라 마당의 수돗가에서도 가재를 볼 수 있었다. 그렇게 많았던 가재가 지난봄엔 싹 사라지다시피 했다. 지난 봄날에 오직 한 마리만 보았을 뿐이다. 자연환경이 건강해야 그 품에서 우리들도 좋은 사람들과 함께 행복하게 살아갈 수 있다.

한 길 바다를 메워도 한 치 사람 마음속은 메울 수 없다고 한다. 그만큼 사람의 욕심은 끝이 없다는 뜻이다. 부처님께서도 인간의 삼독심을 제일 경계하셨다. '탐진치(탐욕, 노여움, 어리석음)'다. 한없는 탐욕이 자기를 망치고 가정과 사회를 파괴하는 것이다.

요즘에는 뉴스를 보기 두려울 정도로 끔찍한 사건 사고들이 넘쳐나고 있다. 화를 못 참고 분노를 끝없이 폭발시키는 분노 조절 장애자들이 도처에 널려 있다. 이렇게 사회가 혼탁한 건 사람들이 무지하고 어리석기 때문이다. 이 어리석음에서 벗어나려면 자기 성찰을 통해 무명을 밝혀 지혜를 증득해야 한다.

우리 모두가 탐진치를 소멸하는 부처님 공부에 힘쓴다면 자기만을 위한 이기심과 욕심을 줄일 수 있다. 욕심 없이 자연 파괴를 줄이는 이야말로 진정한 환경 지킴이라고 할 수 있다. 탐진치 소멸로 예쁜 꽃과 고운 새소리를 대대손손 즐기게 해야 할 일, 그것이 곧 우리의 일이다.

봄이 되어 앞다투어 피는 꽃은
생명의 숭고함을 알려준다

우리 모두
환경 지킴이가 되자

휴가철이다. 전국의 산과 계곡, 바다가 피서객들로 인산인해를 이룬다. 도로는 한꺼번에 몰린 피서 차량으로 난리 북새통으로 변할 것이다. 우리나라는 예로부터 '삼천리 금수강산'이라고 불렸다. 그런데 지금은 금수강산이 아닌 오물과 폐기물로 가득한 '쓰레기 강산'이 되고 있다. 참으로 심각하고 안타까운 현실이다.

내가 살고 있는 이곳 강원도 동해안 강릉은 여행지로 최고의 조건을 갖춘 아름다운 곳이다. 말 그대로 가슴이 확 트이고 속이 시원해지는 동해의 망망대해 푸른 바다가 있고, 해안변을 따라 자연적으로 만들어진 아름다운 호수 석호도 있다. 그리고 산이 높아 어딜 가든 깊은 계곡을 쉽게 만날 수 있다. 해안을 따라 고운 모래가 끝없이 펼쳐진 백사장도 곳곳에 널려 있다. 참으로 아름다운 곳이다.

많은 사람들이 지나간 자리에 흔적이 없을 수야 없겠지만 그래도 너무 심한 것들이 많다. 그 피해는 고스란히 현지인의 몫으로 남는다. 본격적인 휴가철이 되기도 전인데 벌써부터 조금만 눈길이 덜 가는 곳에는 여지없이 온갖 쓰레기가 버려져 있다. 동해안에 생활 오수가 여과 없이 바로 버려져 반짝반짝 빛나던 자갈이나 바위에 이끼가 끼고 폐수 냄새가 진동해 가까이 갈 수가 없다. 폭우가 내렸던 팔당댐에는 쓰레기가 산더미처럼 쌓여 있는 모습을 보고 깜짝 놀란 적도 있다. 버려진 쓰레기가 저렇게나 많을 수 있나 싶었다.

자연 쓰레기는 시간이 조금만 지나면 자연스럽게 스스로 분해되어 자연으로 돌아간다. 그렇지만 생활 쓰레기로 나오는 폐기물은 수백 수천 년의 세월이 지나야 소멸된다고 한다. 그런데 쓰레기 대부분이 비닐이나 플라스틱, 스티로폼 등 절대로 썩지도 사라지지도 않는 폐기물이다. 해마다 이맘때면 똑같은 뉴스를 보게 된다. 밤새 먹고 마시고 버린 포장지며 음식 찌꺼기, 캔과 술병 등이 산더미처럼 쌓여 있는 현장이다.

어째서 우리 의식 수준이 이 정도밖에 안 될까 참으로 한심한 생각이 든다. 며칠 전 시내 사거리 신호등에서 신호를 기다리고 있는데 여고생 한 무리가 지나가는 것을 보았다. 하교 시간이라 다들 교복에 책가방을 들고 있었다. 그런데 아무렇지 않게 비닐 쓰레기를 길에 버리는 것을 보았다. 교복 입은 학생의 수준이 이 모양인데 일반인들의 의식 수준이 어떨지 따로 말할 필요조차 없을 것이다.

한번 파괴된 자연환경은 다시 복구하는 데 너무나도 오랜 시간이 걸린다. 그조차도 온전한 원상회복은 영원히 되지 않는다. 자연환경의 소중함을 일깨워 전 국민이 환경지킴이가 되어야 한다. 맑은 물이 흐르는 강에 물고기가 유유히 헤엄치고, 산과 들에 벌과 나비가 날며, 온갖 동식물이 함께 어우러져 사는 아름다운 금수강산을 꿈꾸어본다.

몰래 버린 쓰레기

양심

최소한 20여 년이 지났다. 포행하는 산길가에 누군가가 몰래 버린 쓰레기 이야기다. 쓰레기가 버려진 장소는 사람들의 발길이 뜸한 곳이다. 쓰레기와 함께 양심도 버린 것이다. 세월이 아무리 흘러도 썩지 않을 자동차 타이어, 폐가전제품, 플라스틱 기름통, 플라스틱 대야 등등 온갖 쓰레기가 20년 전 처음 본 그대로 쌓여 있다.

나 혼자 다 치우기에는 너무 많았다. 큰 화물차로 몇 번이나 오가며 치워야 할 만큼 엄청난 양이다. 지금은 템플스테이 온 어린 학생들이나 방문자들에게 반면교사로 삼아 교육하는, 산교육 현장으로 활용한다. 쓰레기를 절대로 함부로 버리면 안 된다고 일러준다.

우리 주변은 정말 심각하리만치 쓰레기 천지, 쓰레기 장이다. 씨앗을 뿌리는 계절이라 그런지 논밭에 까만 비닐을 씌워놓아 온 밭이 비닐 밭이다. 농사를 지은 다음에는 비닐을 걷어내겠지만 그래도 걱정이 된다. 여기는 봄바람이 심하게 부는 곳이다. 아무리 단단히 묻어 관리를 한다 해도 강한 바람에 찢어진 농사용 비닐이 사방에 날리고 전봇대나 나뭇가지에 달라붙어 펄럭이는 모습이 괴기스럽기까지 하다.

여름철에 태풍이라도 와서 쓸고 지나간 개울이나 강가의 나무둥치에는 온갖 쓰레기가 걸려 있다. 이를 보면서 바다까지 떠내려간 더 많은 쓰레기들을 생각하면 소름이 돋고 억장이 무너진다.

플라스틱은 우리들의 실생활에 편리함을 제공한다. 농사를 지어보면 여름철 논밭에 잡초가 무서운 기세로 자라는 것을 알 수 있다. 호미나 낫, 괭이로 풀을 뽑거나 베거나 하는데 자고 나면 또 한 길만큼씩 자라난다. 비닐을 깔아

밭에 덮어놓으면 그렇게 무성하던 잡풀도 맥을 못 춘다. 이 방법이 제초제를 뿌리는 것보다는 훨씬 더 친환경적이긴 하다. 이런 농사용 쓰레기는 사실 도시의 생활 쓰레기에 비하면 아주 적은 양이다.

사람들이 아무 생각 없이 버리는 쓰레기는 훨씬 더 많다. 지금 이 글을 쓰고 있는 강릉의 해변에도 온갖 쓰레기가 넘쳐난다. 종이컵, 빨대, 박스, 페트병, 담배꽁초 등등 없는 게 없다.

파도에 부서지는 햇살이 참으로 평화롭고 정겹게 보인다. 그러는 와중에도 스티로폼 쓰레기가 바람에 날려 모래밭을 구르는 소리가 사그락사그락 들린다. 가볍디 가벼운 스티로폼 쓰레기가 바다로 날아 들어가 파도에 떠가고 있다.

세계 도처의 바다에 둥둥 떠다니는 쓰레기 섬이 수도 없이 많다는 뉴스를 본 적이 있다. 저렇게 떠다니는 쓰레기가 섬이 되고 바닷속에 가라앉아 물고기나 바닷새가 잘못 먹어 병들거나 죽게 된다. 어찌 보면 인간이 편리를 위해 개발한 모든 것들이 자연을 파괴하는 환경오염의 주범이다. 바닷속이 오염되어 백화 현상 때문에 동해안의 해산물이 줄어든다고 걱정한 게 오래전 이야기다. 우리나라 동해안만 그런 게 아니고 온 세계 해양 생태계의 현재 상황이란다.

온갖 것들을 차별 없이 길러내고 포용하는 넓고 깊은 바다라도 수용과 정화능력의 한계치가 분명 있을 것이다. 그때가 오기 전에 모든 인류가 대오각성하여 자연 훼손의 심각한 폐해를 막아야 한다.

나도 편리함 때문에 종종 전화나 인터넷으로 책이나 물건을 주문한다. 그런데 물건을 받아보면 과도한 포장을 뜯고 처리하는 데 상당한 불편함과 어려움이 있다. 아니, 어떤 때에는 쓴웃음이 나올 정도다.

요즘 신문이나 뉴스에 '쓰레기 대란'이라며 보기에도 끔찍하고 민망한 쓰레기 이야기가 자주 나온다. 화사하게 핀 아름다운 봄꽃을 보면서, 어째 양심은 아름다운 꽃을 닮아가는 게 아니라 아무 죄의식 없이 버리는 쓰레기를 닮아가는가 싶어 안타까운 마음이다.

쓰레기를 줄여야 한다. 이것은 어느 한 개인의 일이 아니다. 온 국민이 다 함께 심각성을 알아야 한다. 범국가, 범세계적으로 추진하고 대처해야 하는 당면 과제다. 이대로 계속 간다면 머지않아 자연으로부터 대재앙이 닥쳐올 것이다.

하얀 눈 내린 산사의 풍경은
고요하고 환상적이다.

지구
온난화

삼사월에는 부지깽이도 꽂아놓기만 하면 싹이 튼다는 말이 있다. 우리나라의 공식적인 식목일은 4월 5일이다. 청명 한식 때는 어떤 나무든 심기만 하면 산다고 했다. 이때를 식목일로 정해 국가 주도로 나무를 심었다. 물론 지금도 그렇게 하고 있다.

옛날에는 겨울이 길었다. 그리고 추위도 지금보다 훨씬 더 혹독했다. 한겨울 추위 때는 모든 게 꽁꽁 얼어붙었다. 호수나 계곡의 물도 얼었고 땅도 꽁꽁 얼었다. 나무나 식물도 모든 게 얼어 생장을 멈추고 웅크린 채 오직 새봄이 오기만을 기다렸다. 그렇게 봄이 찾아와 땅이 완전히 녹아야 나무를 심을 수 있었다.

그런데 나무 심기 좋은 날이 빨라지고 있다. 며칠 전 사찰 경내에 있는 철쭉과 살구나무를 옮겨 심었다. 땅이 잘 파질까 걱정했는데 삽이 푹푹 잘도 들어갔다. 일찍 옮겨 심어서 한 그루도 죽지 않고 잘 살아가고 있다. 나무 심기를 식목일에 맞춰 하면 안 된다. 나무가 본격적으로 생장을 시작하기 전에 심어야 잘 산다. 이제는 식목일도 한두 달 당겨야 할 것이다.

사람 손이 보배라고 현덕사 신도님들이 절 마당에 있는 밭을 삽이나 괭이로 뒤집고 거름을 줘 뭐든지 심을 수 있게 깨끗하고 고운 이랑을 지어놓았다. 한쪽에는 지난가을에 도반 스님한테 구한 고수 씨앗을 뿌렸다. 고수는 가을 고수가 좋은데, 이제는 봄에도 거름을 많이 해서 심으면 충분히 맛있게 먹을 수 있다. 법당 앞에는 연꽃을 심는 큰 함지박이 놓여 있다. 겨울에는 얼지 않게 캐거나, 함지박을 짚이나 이불로 감싸야 한다. 그런데 어쩌다 시기를 놓쳐 그대로 두었다. 겨우내 얼고 녹기를 반복하면서 바짝 마른 함지박의 흙을 새로운 흙으로 갈려고 하는데 연뿌리가 얼어 죽지 않고 그대로 살아 있었다. 그만큼 겨울 날씨가 춥지 않다는 것이다. 함지박에 물을 가득가득 담았다. 겨울을 난 연뿌리에서 싹이 나고 쑥쑥 자라 예쁜 연꽃을 보고 싶다는 욕심을 부려봤다. 물이 있으면 산개구리가 물 내음을 맡고 개구리 알을 낳을 것이다. 올해는 개구리 노랫소리를 일찍 들을 수 있을 것 같다.

　새벽 예불하러 가는 길에 아주 반가운 새소리를 들었다. 보통 3월 하순쯤에 오던 귀신새가 일찍 찾아온 것이다. 다른 이들은 귀신새의 삐익 삑 노랫소리가 무섭다고 싫어하는데 난 그 소리가 무척이나 정겹고 반갑게 들린다. 나만큼이나 귀신새 노랫소리를 좋아하는 친구에게 반가운 소식을 전해주었다. 지난해 크리스마스 때쯤엔 포행길에 다람쥐가 뛰어다니는 것을 봤다. '이제는 우리나라 겨울이 사라지고 있구나' 하는 것을 실감한 순간이었다.

　그뿐만이 아니다. 절 마당에 동지섣달 내내 풀이 파랗게 살아 있었다. 이런 일은 지금까지 겪어보지 못한 현상이다. 지난해 겨울에는 눈다운 눈이 한 번도 오지 않았다.

눈이 너무 많이 와 길이 끊기고 며칠을 길에 쌓인 눈을 치우느라 힘이 들기도 했다. 그래도 펑펑 내리는 눈이 그립다. 순백으로 변한 눈 세상을 볼 수 없음이 슬프다.

밝은 달이 환하게 떠 있는 하얀 눈 내린 산사의 아름다운 풍경은 환상적이다. 겨울 하면 생각나는 게 눈이 온 후 지붕 처마에 거꾸로 매달려 자라는 고드름이다. 그런데 지난겨울에는 한 번도 보지 못했다. 많은 사람들의 기억 속에 고드름을 뚝 떼서 놀며 먹었던 추억이 있을 것이다. 그런데 지난겨울에는 가끔 때아닌 비가 내렸다. 눈 대신 비가 내린 것이다. 지구온난화라는 말을 TV나 신문을 통해 자주 접했지만, 이젠 실생활에서 느끼다 보니 우리들의 삶의 터전인 이 지구가 잘못될까 걱정이 크다.

사라진
봄날의 추억

　분명 봄이 왔는데 봄이 아닌 듯하다. 새들이 지저귀는 소리가 들리지 않기 때문이다. 예전 봄날의 새벽녘에는 새들의 지저귀는 소리가 곧 잠을 깨우는 알람 소리였다. 그렇게 흔하게 들리던 새소리가 언제부턴가 안 들리더니 오늘 새벽에도 역시나 안 들린다. 뭔지는 몰라도 주위 환경에 분명 큰일이 일어난 게 틀림없다. 동해안에는 일주일이 지나도록 산불이 꺼지지 않고 타고 있단다. 지난해 겨울에는 눈다운 눈이 한 번도 안 왔다. 당연히 비도 내리지 않았다.

　현덕사는 산 중턱 샘에서 나오는 샘물을 식수로 사용

하고 있다. 20여 년 동안 한 번도 물이 마른 적이 없었다. 그런데 지금은 식수 때문에 애를 먹고 있다. 워낙에 가물어서인지 샘물도 고갈되고 계곡물도 말라버렸다. 이 현상도 결국 환경 파괴로 인한 이상기후 때문이다.

해마다 겨울이 되면 기다렸다 찾아가서 만나는 손님이 있다. 바로 큰고니다. 그런데 지난해 겨울에는 도통 보지 못했다. 호수나 저수지에 찾아가거나, 아니면 추수가 끝난 들판에 가면 무리 지어 먹이 활동을 하는 고니 무리를 볼 수 있었다. 해가 질 때쯤에는 잠자리를 찾아 우아하게 날아가는 모습도 장관이었다. 이런 기억들이 내게는 겨울이면 꼭 챙기는 연례행사였다. 그런데 지난겨울에는 어딜 가도 만나지 못했다. 탈곡 기술이 워낙 뛰어나 낙곡이 한 톨도 없단다. 결국 새들이 먹을 양식이 없어 이곳을 찾는 숫자가 줄어든다고 한다.

내가 속해 있는 불교환경연대에서는 겨울이면 철새들에게 먹이 주기 활동을 하고 있다. 먼 길을 마다하지 않고 찾아온 손님에게 먹을 것을 주어야만 그들이 한겨울을 살아남아 생존할 수 있다. 예전의 봄날에는 새들의 사랑 노래로 봄이 왔음을 느꼈다. 그리고 어디든 적당한 공간에는 새들이 둥지를 틀었다. 심지어 사람들의 생활 공간에도 새 둥지를 만들어 알을 낳고 새끼를 부화해서 키우는 것을 가까이서 지켜보았다. 그래서 곳곳에 나무로 새집을 만들어 달아놓았다. 그러면 새집마다 새들이 들어와 살았다. 그랬던 새들이 지금은 어딜 갔는지 보이지 않는다. 아침이면 공양 후에 포행을 한다. 포행하면서 듣는 새들의 노랫소리가 내게는 세상에서 제일 아름다운 음악으로 들린다. 그런데 지금은 들을 수 없다.

어제 아침에도 템플스테이 온 사람들과 산책을 함께했다. 기온은 분명 봄 날씨였다. 산책길 숲속의 나뭇가지에 새들이 후드득 날아다녀야 하는데 한 마리도 보이지 않았다. 한참을 걷다 보니 먼 산에서 들려오는 풀국새의 애잔한 울음소리가 봄날의 정취를 더해주었다. 풀국새의 목도 가뭄을 못 피했는지 울음소리가 메마르고 건조하게 들렸다. 이런 모든 현상들이 무분별한 개발과 환경 파괴로 인한 인과응보의 결과다. 봄 하면 제일 먼저 떠오르는 게 봄나비다. 나비가 날지 않는 봄날은 진정한 봄이 아니다. 뉴스에서 전국의 꿀벌들이 사라졌다고 하더니, 봄 나비도 자취를 많이 감추었다.

요즘 사람들은 경제 만능주의 사상에 젖어 돈만 되면 무슨 일이라도 한다. 잡초를 죽인다고 전 국토에 제초제를 들이붓듯이 하고 있다. 해충을 잡는다고 독한 살충제를 자기 죽는 줄도 모르고 뿌리고 사는 게 현재 상황이다. 이러면 해충만 죽는 게 아니다. 유익충도 죽는다. 우리가 식량으로 먹는 곡식이나 채소 등 귀한 식물도 죽을 것이다. 벌과 나비가 사라지면 단순히 그 개체만 없어지는 게 아니다. 식물들의 수분을 대부분 벌과 나비 등 곤충들이 하고 있다. 수분을 하는 매개체들이 사라지면 당장 우리는 계절 따라 맛있게 먹었던 과일이나 곡식을 먹을 수 없다. 불행의 시작이다. 새들도 지구상의 건강한 숲을 만들어나가는 데 없어서는 안 될 존재다.

이런 땅에 뭘들 살아갈 수 있을지 걱정이 든다. 동식물이 살 수 없는 땅에는 당연히 인간도 살 수 없다. 봄날에 새들의 사랑 노래를 들을 수 있고 봄 나비가 날아다닐 수 있는 세상을 만들어나가야 한다. 그런 곳이 살기 좋은 나라다.

여름밤의 불청객
박쥐

    여름은 여름인데 이상한 여름이다. 내가 살고 있는 강릉은 한여름 땡볕을 본 날이 한 손으로 꼽아도 손가락이 남을 만큼 맑은 하늘을 보지 못했다. 덕분에 선풍기나 에어컨의 도움 없이도 시원한 여름을 지낼 수 있어 좋기는 하다. 이 글을 쓰고 있는 시간에도 밖에는 소나기가 쏟아지고 있다. 계곡을 흐르는 물소리와 처마에서 떨어지는 낙숫물 소리가 엄청 크게 들린다. 가끔씩 번개가 번쩍거리면 벼락 치는 소리도 빗소리에 반주라도 하듯 쿵쿵거린다.

    여름이면 항상 준비하던 부채도 없이 지내고 있다. 정

자나무 그늘 아래 여유롭게 부채질을 하며 얘기를 나누는 사람들의 모습도 이제 그림이나 추억으로만 남아 있다. 여름이면 사방천지에서 울어대던 매미 소리가 여름을 실감케 한다. 하지만 매미 울음소리도 들리지 않는다. 하루에 한두 번 몇 마리가 맥없이 울 뿐이다. 올여름에는 감나무 밑에서 탈피를 한 매미 허물을 딱 하나 봤다. 하도 귀해서 사진까지 찍어났다. 옛날에는 나무둥치에 수십 개씩 붙어 있었다. 그 많던 매미가 다들 어디로 갔단 말인가? 여름밤을 수놓았던 반딧불이도 어째 올해는 아직 한 마리도 보지 못했다. 현덕사를 연 첫해 여름에는 반딧불이가 제법 많아 현덕사의 밤 풍경이 참 운치가 있었다. 그 뒤로 차차 줄기 시작하더니 올해는 아예 못 봤다.

달라진 여름 풍경이 또 하나 있다. 처마 끝에 켜놓은 외등 아래 온갖 종류의 나방이 날아와 바닥에 떨어져 있었다. 아침마다 나방 잔해를 빗자루로 쓸면 한 바가지씩 나왔다. 장수벌레도 있었고 가끔 하늘소도 있었다. 그런데 지금은 나방 잔해를 쓸기 위해 빗자루를 들 필요가 없다. 그만큼 벌레가 많이 사라졌다.

그래도 아침마다 쥐똥을 쓸기 위해 비질을 한다. 자고 나면 내가 사는 집 쪽마루에 쥐똥이 새까맣게 널려 있다. 대웅전이나 극락전 뜰에도 마찬가지다. 처음에는 그게 쥐똥인 줄만 알았다. 나중에 알고 보니 밤에만 활동하는 박쥐똥이었다. 박쥐도 함께 살아가는 생명이니 더럽고 께름칙하다는 생각은 없었다. 그런데 코로나19 바이러스의 숙주가 박쥐라는 것을 알고부터는 마음이 아주 많이 불편하다. 또 박쥐들이 천장 아래 벽을 망가뜨린다. 흙도 마구 떨어지고 벽과 천장 사이가 망가진다. 박쥐가 먹이 활동을 나가면서 새끼 박쥐를 여기다 데려다 놓는 것이다. 밤에 손전등으로 비춰 보면 눈망울이 똘망똘망한 게 예쁘고 귀엽기도 하다. 그러니 쫓아내지도 못한다.

　박쥐는 저녁 예불 때쯤이면 극락전 지붕기와 아래에서 슝슝 날아 나온다. 족히 수십 마리는 될 듯하다. 다행히 박쥐가 많아서인지 여름밤의 불청객인 모기는 잘 없다. 하루 저녁에 박쥐 한 마리가 잡아먹는 모기 숫자가 대략 3,000여 마리가 된단다. 박쥐는 밤하늘에 새와는 분명 다른 지그재그 비행을 한다. 그리고 소리도 없이 휙휙 빠르게 날아다닌다. 처음에는 귀한 박쥐가 한 지붕 밑에 같이 산다고 좋아했지만, 요즘 들어 개체 수가 너무 많이 늘어나 온 처마 밑에 박쥐똥이 쌓이고 있다.

사람들의 무분별한 개발과 자원 낭비로 쏟아져 나온 쓰레기가 산과 강을 오염시킨다. 바다도 마찬가지다. 지구온난화로 많은 동식물이 사라지고, 개체 수가 급변한다. 동식물이나 곤충이 제대로 살지 못하면 당연히 우리 인간도 살 수 없다. 환경 파괴를 되돌리기에는 너무 멀리 와 있다고들 한다. 그렇지만 누구에게 미룰 것이 아니다. 지금부터라도, 우선 나부터라도 작은 것부터 실천해서 지구환경을 살려내야 한다. 그래야만 우리가 우리 후손들이 잘 살아갈 수 있는 땅을 물려줄 수 있을 것이다.

사라진
겨울

지구온난화로 어린 시절 한겨울의 추억이 사라져버렸다. 옛사람들은 한겨울을 엄동설한 동장군이라고 불렀다. 이 세상 모든 것을 꽝꽝 얼려버렸기 때문에 '동장군'이라는 이름을 얻은 것이다. 그러나 최근 들어서는 동장군이라는 말이 무색해졌다. 올겨울에는 얼음다운 얼음을 보지 못했다. 눈다운 눈도 오지 않았다. 옛 겨울 추억을 떠올려보면 지금쯤 온 들과 산이 하얀 눈으로 덮여 있어야 한다. 집들도 구릉도 모두가 하얀 이불을 뒤집어씌운 듯 함박눈이 많이도 내렸다. 눈 오는 날은 동네 강아지들은 물론이고 동네 아이들도 함박눈을 맞으며 눈사람을 만들고 눈을 뭉쳐 눈싸움도 하고 놀았다. 눈싸움을 하다가 목이 마르면 하얀 눈을 한 움큼 집어 먹기도 했다. 그 시절 눈은 그 정도로 깨끗했다. 그냥 먹어도 될 정도로 자연이 맑고 순수했다.

여름이 가고 가을의 낙엽이 다 질 때쯤 겨울이 시작되면, 마을 앞 개울에는 얼음이 얼기 시작했다. 겨울이 깊어가고 강의 얼음이 두꺼워지면 썰매를 탔다. 썰매는 나무판자로 직접 만들었다. 썰매를 빨리 달리게 하려면 철사가 있어야 하는데, 그때만 해도 철사가 아주 귀했다. 어렵사리 철사를 구할 수 있는 방법은 들판에 지나가는 전봇대가 넘어가지 말라고 지지해놓은 철사를 잘라 사용하는 것이었다. 지금 생각해보면 큰일 날 일이고 엄청난 잘못이다.

썰매를 지치는 나무 막대는 못으로 만들었다. 좀 큰 못을 골라 머리를 자르고 곧은 나무에 거꾸로 박은 후 돌에다 박박 문질러 끝을 아주 날카롭게 만들었다. 그래야 꽁꽁 언 얼음에 팍팍 잘 찍혀 쌩쌩 잘 달리기 때문이다. 그때는 대부분 필요한 것을 직접 손으로 만들어 사용했다.

우리 마을 아이들만 그랬던 게 아니라 전국의 아이들

눈 오는 날 눈싸움을 하다
눈을 한 움큼 집어 먹기도 했다.

이 모두 그랬을 것이다. 그렇게 어렵게 만든 썰매를 해가 지도록 탔다. 때로는 얼음이 깨져 얼음물에 빠지기도 했다. 추위에 몸을 덜덜 떨며 나뭇가지를 주워 모닥불을 피우고는 젖은 옷을 말리려다 양말이나 옷을 불에 태우기도 했다. 물론 엄마한테 혼쭐이 났다.

겨울의 풍경을 더 겨울답게 한 것은 처마 끝이나 바위에 주렁주렁 자라는 고드름이었다. 길게 자란 고드름을 따 칼싸움도 하고 깨물어 먹기도 했다. 햇살이 좋은 날 고드름은 햇빛에 반사되어 예쁜 색깔로 반짝거리는 보석처럼 빛나 보였다. 썰매를 타러 꽁꽁 언 강으로 갈 때면 꼭 함께 챙겨가는 것이 있었다. 바로 팽이다. 팽이도 무게감이 있는 나무를 골라 깎고 깎아 잘 돌아가도록 만들었다. 물론 콩알만 한 쇠구슬을 구해 끝에 박아야 잘 돌아간다. 팽이채는 마을 뒤 대밭에서 자라는 닥나무 뿌리를 캐다가 껍질을 벗겨 만들었다.

지금도 기억나는 옛 겨울 추억이다. 그랬던 겨울 풍경이 이젠 눈이 안 오고 얼음이 얼지 않게 바뀌었다. 인간들의 무지한 개발과 자원 과소비 때문에 지구가 뜨거워졌다.

현덕사 마당에도 눈 대신 풀들이 파랗게 자라고 있다. 한 겨울에 해가 잘 드는 곳에서 민들레꽃이 노랗게 피기도 한다. 겨울은 겨울답게 매서우리만큼 춥고 함박눈이 펄펄 내려야 한다. 겨울다운 겨울을 되찾기 위해 우리 모두 자연환경을 보호해야 할 것이다.

지구가
아프다

　　인간들의 탐욕에 무분별한 개발로 건강하던 지구가 만신창이 되었다. 하늘과 땅, 바닷속까지 파괴되고 오염되어 중병에 걸렸다. 산을 파헤치고 갯벌을 메우고 땅은 시멘트 콘크리트로 뒤덮였다. 하늘은 미세 먼지로 채워지고 인간들의 과도한 소비로 지구 온도가 올라 전 지구적으로 온난화가 급속히 진행되고 있다. 수많은 동식물이 기후변화로 사라지고 있다.

　　예전 같으면 가을을 상징하는 고추잠자리가 코스모스 핀 가을 하늘을 날아다녔는데, 올가을에는 한 마리도 보이지 않는다. 가을밤의 정취를 더해주며 애절하게 우는 귀뚜라미 소리도 들리지 않는다. 분명 이 땅에 큰 변고가 일어난 게 확실하다. 편리함만을 추구하여 일회용품들을 엄청나게 생산하여 한 번만 쓰고 버려지는 쓰레기가 하루에 큰 산 하나씩을 만든다고 한다. 매일같이 쓰레기 산이 하나씩 생긴다고 생각하니 눈앞이 캄캄하다. 플라스틱이나 비닐 등 생활 쓰레기가 그냥 버려져서 강이나 바다로 흘러간다.

강이나 바다의 오염은 육지보다 훨씬 더 심각하다. 바닷속에는 엄청난 쓰레기가 쌓여 있다. 예전에는 분뇨를 먼 바다에 갖다 버리는 게 처리법일 때도 있었다. 인간이 쓰고 버린 모든 것들이 쓰레기가 되어 바다를 죽이고 있다. 특히 폐그물은 물고기에게 치명적이다. 물고기의 무덤이다. 인간이 자연을 죽이면 죽은 자연이 우리 인간을 죽일 것이다.

그래서인지 근해에서 고기가 안 잡힌다는 어부들의 한숨 소리가 항구를 메운다. 백화 현상으로 해조류가 바위에 못 붙어 자연스럽게 조개들도 사라지고 있단다. 기후변화로 해수욕장의 모래가 다 파여 모래가 있던 자리에 바닷물이 들어와 출렁이고 있다. 내가 살고 있는 동해안은 침식 작용으로 해안사구가 급격히 사라지고 있다고 난리다.

지구 온난화로 만년설이 녹고 남북극의 얼음이 녹아내리고 있다. 세계 곳곳에 난 산불이 지구온난화를 더욱 가속시키고 있다. 인류의 도시 형성 과정을 살펴보면 대부분의 큰 도시가 강이나 바다를 낀 해안가에 자리 잡고 있다. 그런데 지구의 기온이 올라 해수면이 높아지면 해안 도시들은 바닷물에 잠길 것이다. 건물이나 시설물만 잠기는 게 아니다. 사람들이 생활하던 모든 것들이 물에 잠기면 거기에서 발생하는 오염은 상상을 초월할 것이다. 지금도 해양 오염 때문에 바다 생물이 급격히 사라지고 있다.

이렇게 급박한 상황에서도 세계의 정치 지도자들은 자국의 이익만을 추구하고 있다. 우리나라 정치인도 예외는 아니다. 자연환경이나 지구온난화에 관심을 가지고 제대로 된 정책을 펼치는 환경 정치인이 없다. 지금의 현실은 누군가가 해줄 거라 막연히 생각해서는 안 될 상황이다. 바로 나부터 곧바로 실천을 해야 한다.

현덕사에는 진작부터 일회용 컵이나 용기, 나무젓가락

사용을 안 하고 있다. 연못에 작은 돌멩이 하나가 만파를 일으키듯 나부터 자연환경을 보호하는 데 앞장 서야 한다. '우리가 지키면 우리를 지켜준다'는 불교환경연대의 표어처럼, 지구촌의 모든 생명체가 다 함께 살 수 있는 지구를 우리가 지켜내야 한다.

새삼,
물의 소중함을 깨닫다

    지난여름은 생애 최고의 더위를 겪었다. 나는 에어컨도 선풍기도 좋아하지 않는다. 하지만 지나간 여름엔 몇 날 몇 밤 선풍기를 사용했다. 설상가상으로 십수 년 잘 나오던 식수도 말라 끊겼다. 온 산과 계곡을 수없이 오르내린 끝에 샘물을 찾아 식수로 쓴 이후로, 물이 딸리고 끊어진 게 지난여름이 처음이었다. 예전에는 아무리 가물고 더워도 물은 잘 나왔다. 그래서 현덕사 자랑 1순위였다. 현덕사 공양이 맛있는 이유가 물이라고 자랑했다. 물론 차 맛이나 커피 맛도 물맛이 좌우한다. 그래서였는지 현덕사 커피 맛이 좋다고 했다. 이렇게 귀하고 좋은 물이, 더운 여름 날 갑자기 뚝 끊어진 것이다.

무더운 여름날 작업복으로 갈아입고, 십과 팽이를 챙겨 풀숲을 헤치며 샘물이 나오던 곳으로 갔다. 산길에 밟히는 흙, 낙엽 부서지는 소리, 그 느낌은 물기 하나 없는 사막을 연상하게 했다. 흙을 걷어내고 연결 호스를 풀어보니 물이 조금씩 쫄쫄 나오고 있었다. 그것을 본 순간 가슴이 철렁 내려앉았다. 앞으로 좋은 물을 먹을 수 없겠구나 싶어서다. 서운함과 낭패감이 가슴 가득 밀어닥쳤다.

옛날에 융성했던 사찰이 폐사지가 된 곳을 찾아가 보면, 폐사의 원인이 대부분 물 부족 때문이었다. 우리 현덕사의 미래를 생각하니 눈앞이 캄캄했다. 초창기의 현덕사 식수는 계곡물에 여과장치를 설치해 사용했는데, 장마가 지고 비가 오면 흙탕물이 나왔다. 그래서 지하 170미터의 관정을 뚫어 언제든지 물을 사용하게 만들어놓았다. 덕분에 별 무리 없이 이용할 수 있었다.

여름에는 사찰을 찾는 사람들이 많아지고 물 사용량도 훨씬 늘어난다. 지하수를 전기 모터로 끌어 쓰기 때문에 전기료가 들어간다. 한 방울의 물을 쓰고 마시는 것도 곧 돈을 쓰고 마시는 것이다. 그러니 수도꼭지 만지기가 두려웠다. 틀면 돈이 나가기 때문이다. 어느 날 문득, 동네 노인의 말이 생각났다. 한여름에는 계곡의 물이 줄고 작은 샘들이 마른다고 했다. 산과 들의 곡식들과 나무들이 무한정 물을 빨아들이기 때문이란다. 그러다가 음력 칠월 백중을 기점으로 달라진다고 했다.

그래서 혹시나 하고 며칠 전에 물이 나오던 산 중턱의 샘으로 갔다. 이게 무슨 일인가. 분리해서 밖으로 노출시킨 호스에서 맑은 물이 혼자서 나와 흐르고 있는 게 아닌가. 반가운 마음에 양손으로 손그릇을 크게 만들어 한 그릇 마셨다. 예전의 물맛 그대로였다. 산에 올라 목이 마를 때 마신 물이라 그럴까, 최고의 꿀맛이었다. 기쁜 마음에 하나도 힘든지 모르고 땅을 파 끊어놨던 파이프를 다시 연결하여 샘물이 전처럼 흐르도록 했다. 이제는 예전처럼 얼마든지 물을 쓸 수 있다. 그렇지만 지난여름을 생각해서 물 쓰듯 펑펑 쓰지 않을 것이다. 물의 소중함을 깨달았기 때문이다.

참으로　고마운 게　물이다.

지금 세계 도처에 물 부족으로 수많은 사람들이 고통을 받고 있다. 밥은 며칠 굶어도 살지만 물을 며칠 마시지 못하면 생명이 위태로워진다. 물은 생명의 원천이기 때문이다. 우리 몸의 70퍼센트가 물로 이루어져 있다. 물이 흔한 것 같지만 우리가 음용수로 쓸 수 있는 물은 아주 적은 양이라고 한다. 다행히 우리나라는 다른 나라에 비해 물을 풍족하게 쓰고 살았다. 특히 산사에서는 더 좋았다. 계곡의 어디쯤에서 물을 끌어오기만 하면 되었다.

그런데 지금은 아니다. 개발과 환경오염으로 깊은 산속 계곡의 물도 바로 마실 수 없는 지경에 이르렀다. 이제는 사찰에서도 공동 상수도나 수돗물을 사용하는 곳이 많아졌다. 현덕사는 다행스럽게도 자연수인 샘물을 생활 음용수로 쓰고 있다. 템플스테이 온 사람들이 물이 참 좋다고 칭찬했다. 물이 순하고 부드러워 감촉도 다르고 물맛도 확실히 도시에서 마시던 물과는 비교 불가라고 칭찬이 자자했다.

산 중턱에서 시작한 자연 수압이라 그런지 도시의 수돗물보다 수압이 세서 물이 잘 나온다. 이렇게 물이 소중하고 귀한 것임을 새삼 깨달은 지난여름이었다. 참으로 고마운 게 물이다.

story  03

산사의 __ 사계절

때가 되면 꽃이 피고 지고
열매를 맺는다.
그리고 익으면 자연스럽게 떨어진다.
조바심을 내지 말고
노력하면서 때를 기다리는 삶이
행복하고 아름다운 삶이다.
이것이 자연의 순리이자 이치다.

산사의
하루

　새벽 4시에 일어난다. 새벽 예불의 시작인 4시 반에 곤히 잠든 뭇 중생을 깨우는 도량석을 하기 위해서다. 목탁 소리를 작게 시작해서 서서히 크게 한다. 도량에 잠든 중생들이 놀라지 않게 깨우기 위해서다. 온 도량을 돌며 목탁 소리에 맞춰 염불을 하는 의식이다. 처음 절에서 자는 사람들도 새벽의 도량석 염불 소리를 좋아한다. 잠자리에서 들으면 꼭 자장가처럼 감미롭게 들린단다. 이곳은 산속이라 온갖 새들도 함께 살기에 새벽 산새들의 아름다운 노랫소리도 아침을 여는 데 동참한다.

현덕사에는 대종이나 큰북이 없어 작은 종을 치며 이 세상 사람들의 안녕과 평화를 염원하는 종성을 울린다. 다행히 종소리가 좋아 새벽 예불에 동참한 사람들의 마음을 아주 평온하게 만들고 자기 자신을 되돌아보도록 한다.

종성이 끝나면 기도 스님의 목탁 소리를 신호로 함께 합송으로 예불을 드린다. 예불이 끝나면 템플스테이 참가자들과 108배를 한다. 108가지 부처님 말씀을 들으며 절을 하는데, 이때 자기 자신을 되돌아보며 반성과 원력을 가슴에 담는다. 종종 환희의 눈물과 참회의 눈물을 흘리는 사람들도 있다. 그러고 나면 몸과 마음이 날아갈 듯 개운하여 스스로 마음의 정화가 된다.

6시에 아침 공양을 한 후 산길을 따라 산책을 한다. 계절마다 달라지는 자연을 보고 느끼며 자연을 얘기하고 살아온 삶을 얘기한다. 포행길에 들르는 시골 농가 두 군데가 있다. 한 군데는 할아버지 혼자 사시는 주목 농장이다. 여름이면 작은 연못에서 곱게 핀 연꽃도 보고, 가을이면 서너 그루 있는 감나무에서 단감을 따 먹는다. 토종 단감이라 속이 까만색이 돌면서도 달달한 게 최고의 맛이다. 할

아버지 말씀이 이 단감나무는 현덕사 것이란다.

그리고 또 한 집이 있다. 영미네다. 내가 항상 하는 말이 이 집이 이 동네에서 제일 잘 살고 부자라는 말이다. 왜냐하면 그 집은 항상 손님이 끊이질 않는다. 어느 누가 가도 몇 번을 가도 절대로 맨입 맨손으로 보내는 법이 없다. 뭐라도 먹여 보내고 쥐어 보낸다. 집 주위에 과일나무도 많고 밭에는 고구마나 감자, 옥수수, 수박, 참외, 물외 없는 것이 없을 정도로 많이 심어놓고는 오가는 사람들에게 나누어준다. 차나 커피, 그도 아니라면 물이라도 한잔 먹여 보낸다. 나누고 베풀면 행복하다는 사실을 잘 아는 사람들이다. 그래서 제일 부자인 것이다.

현덕사는 커피로 유명한 사찰이다. 항상 커피 향이 그윽하게 풍긴다. 산사의 커피 향을 따라 전국 각처에서 커피를 맛보러 온다. 산사에서 웬 커피냐고 묻는 사람들도 있다. 물론 녹차나 우리 전통차도 있지만, 어찌 보면 커피도 차다. 물로 우려먹으면 다 차다. 커피차다. 원두를 볶고 갈아서 천천히 내려 다완으로 두 손을 공손히 받쳐 마시면 완전히 커피 삼매에 든다.

불교에서는 평상심이 도라는 말이 있다. 커피를 수행으로 마시면 그게 곧 깨달음의 세계다. 사시에 기도를 한 후 점심 공양을 한다. 요즘은 밭이나 들에 푸성귀가 많아 점심때는 쌈을 많이 먹는다. 오후에는 주로 밭일을 한다. 올해도 법당 앞 마당가 자그마한 밭에 온갖 채소와 목화를 심었다. 고추와 호박, 가지, 물외 등등.

하얀 꽃을 보기 위해 해마다 빠뜨리지 않고 심는 게 있다. 그게 박이다. 박꽃은 해 질 녁에 핀다. 밤에 피는 꽃이다. 달빛으로 보면 훨씬 더 신비롭고 아름답다. 새벽이면 시들기 시작하여 해가 뜨면 시든다. 결국 하룻밤을 꽃으로 사는 것이다. 해마다 심는 것 중에 목화가 있다. 목화도 꽃을 보기 위해 심는다. 목화는 아침에 하얀색으로 피었다가 저녁에 아주 예쁜 붉은색으로 진다. 목화는 늦가을까지 꽃이 피고진다. 꽃이 지고 난 후 절대로 시들지 않는 하얀 목화가 피어난다. 지금도 작년의 목화가 한 바구니 내 찻방에 있다.

저녁 예불은 6시 반에 한다. 템플스테이 참가자들이 있으면 여름날 저녁에는 감자나 옥수수를 먹으며 108 염주

만들기도 한다. 그리고 평소에는 저녁 9시쯤 잠자리에
든다.

극락전 지붕 기와장 아래에는 밤에 활동하는 박쥐들도
함께 산다. 밤하늘을 자유자재로 날아다니는 것이 보이면
그건 새가 아니라 먹이 사냥하는 박쥐일 것이다. 그런데
오늘 밤은 하루 종일 내리던 비가 그쳐서 그런지 산개구리
가 죽기 살기로 운다. 개구리 우는 소리 때문에 잠들기가
조금은 어려울 듯하다. 밤이면 우는 소쩍새 소리나 가끔씩
우는 두견새의 정겨운 소리를 개구리 소리가 다 덮어버렸
다. 이렇게 소박한 산사의 밤은 깊어간다.

항상 커피 향이 풍기는 현덕사는
커피로 유명한 사찰이다.

현덕사
사발 커피

온 도량에 커피 향이 가득하다. 오늘은 커피를 볶는 날이다. 가스나 전기가 아닌 참숯을 피워 불로 볶는다. 그래서 현덕사 사발 커피는 맛이 좋고 불 내음까지 더한 특별한 맛이다. 화덕에 불을 피워 적당한 알불 만들기가 그리 만만치 않다. 어렵고 번잡하다.

커피 맛은 생원두를 어떻게 볶느냐에 달렸다. 불이 약해 덜 볶으면 신맛이 나고, 조금만 불이 세고 잠시라도 시간이 더하면 강배전이 되어 탄 맛이 난다. 맛있는 커피로 잘 볶으려면 오감이 다 동원돼야 한다. 온 정성을 다해 손잡이를 돌리면서 눈으로 보고 코로 냄새를 맡으며 귀로는 볶는 콩이 미세하게 터지는 소리를 들어야 하고, 그래도 자신이 없으면 커피를 이로 깨물어 보기도 한다. 지금까지 여러 방법으로 볶았던 경험을 되살려 감으로 마무리한다.

커피를 볶을 때는 날씨도 아주 중요하다. 커피는 습기에 민감하기 때문에 햇살이 좋은 맑은 날을 잡아 볶는다. 다 볶은 콩을 빨리 식히지 않으면 식으면서 타기 때문에 부채나 선풍기를 이용해 강제로 식혀야 한다.

강릉은 전국에서 유일하게 커피 축제를 하는 도시다. 그만큼 커피로 유명하다. 바다와 호수가 있고 소나무가 어우러진 자연경관이 매우 아름답다. 현덕사는 템플스테이를 운영하는 사찰이다. 그리고 커피로도 유명하다. 현덕사에서는 강릉이 커피로 유명해지기 전부터 이미 핸드드립 커피를 마셨다. 사찰에서 녹차가 아닌 커피를 마시는 것을 보고 어떤 이는 이상한 시선을 보낸다. 왜 사찰에서 차가 아닌 커피를 마시냐고 말이다. 참 많이 들었던 질문이다. 나의 대답은 한결같다. 커피를 너무너무 좋아하고 맛이 좋아 마신다는 대답이다.

현덕사에서 마시는 커피는 사발 커피다. 일반 카페에서 사용하는 커피잔이 아니고 다완에 커피를 마신다. 쉽게 말해 큼직한 사발이다. 절에서 스님이 커피를 마시는 것도 이상한데 사발에 커피를 따라 주면 또 한번 놀란다. 처음에는 한 손으로 홀짝거리며 마시다가 어쩔 수 없이 두 손으로 감싸듯이 들고 마셔야 한다. 그만큼 커피에 대한 소중한 마음이 생긴다. 그러니 자연스럽게 좋은 맛이 날 것이다.

다들 내가 내려주는 커피 맛이 좋다고 한다. 맛이 좋은 이유야 여러 가지 있을 것이다. 고요한 산사라는 장소와 오염되지 않은 산속 울창한 소나무숲 샘터에서 샘솟은 샘물 맛이 좋은 것도 이유일 것이다. 그리고 또 완전 공짜이기 때문일지도 모른다. 먼 곳까지 찾아온 귀한 발걸음이 고마워서 방문객들에게 온 정성을 다해 커피 공양을 올린다. 이러니 돈을 주고 사서 마시는 맛과, 오로지 고마워서 감사한 마음을 다해 정성으로 내린 커피 맛이 당연히 다를 것이다. 커피콩을 볶고 갈고 내리고 하는 것을 다들 어려워한다. 난 아주 쉬운 거라고 설명해준다. 집에서 적당한

큼직한 다완에 담긴 사발 커피는
두 손으로 감싸듯이 들고 마셔야 한다.

솥이나 냄비에 깨 볶고 콩 볶듯이 하면 된다고 말이다.

괜히 커피 로스팅이라고 부르니 어렵게 느껴지는 것이다. 커피를 갈아 내리는 것도 핸드드립이라는 어려운 말로 하지 말고 거름종이나 무명이나 삼베 등 면 소재의 천조각 조금만 있으면 된다. 아니면 더 쉽게 천으로 주머니를 만들어 그 속에 커피를 넣고 적당한 온도의 물을 부어 우려 마시면 된다.

어찌 보면 커피도 차의 한 종류다. 내가 커피를 좋아한다고 커피만 마시는 건 아니다. 녹차도 마시고 홍차, 보이차, 우리 전통차도 골고루 마신다. 달라는 데로 주는 것이다. 얼마 전 입춘도 지났으니 날씨가 좀 따뜻해지면 절 마당가 매화가 예쁘게 필 것이다. 매화가 피면 매화꽃을 따서 매화차를 마실 계획이다. 봄날을 즐기며 나만의 소박한 호사를 부릴 것이다.

템플스테이,
그 인연

강릉 현덕사는 템플스테이 사찰이다. 2007년부터 지정되어 지금까지 하고 있다. 이곳에 참으로 많은 사람들이 다녀갔다. 현덕사에 템플스테이를 하러 오는 사람들은 연령도, 직업도, 각자의 참여 사연도 각양각색이다. 현덕사는 한적하고 조용해서 혼자 가기 좋은 절, 편안하게 힐링하기 좋은 사찰이라고 소문이 나 있단다. 그래서인지 첫 체험 후 다시 찾아오는 사람들이 꽤 많다. 재방문율이 높은 것은 템플스테이 체험을 하면 무언가 얻는 게 있고 몸과 마음에 긍정적인 변화가 있기 때문일 것이다.

그 많은 사람들 중 기억에 남는 사람들도 많다. 얼마 전 궁금했던 사람이 다시 찾아왔다. 매년 연말이면 기다려지는 부부였다. 이번에는 둘이 아닌 셋이었다. 첫돌을 막 지난 건강한 아들을 안고 왔다. 그들과의 첫 인연은 6여 년 전 한 해가 마무리되는 마지막 날이었다. 연말이라 템플스테이 참가자들도 많았다.

그중 연인 혹은 부부로 보이는 두 사람이 있었다. 여자는 아주 도시적인 느낌, 남자는 시골에서 온 느낌이었다. 그 후에도 해마다 연말연시에 두 사람이 같이 와서 묵은해를 보내고 새해를 맞았다. 어느 때는 지나다 들러 차를 마시고 가끔 지역 농산물을 보내주기도 했다.

어느 해부터 그들이 보이지 않았다. 잘 살기를 진심으로 바랐는데 헤어졌구나 싶은 생각에 안타까운 마음이 들었다. 가끔 그 두 사람이 불쑥 생각나기도 했다. 그런데 어느 날 건강한 아이를 안고 부부가 다시 찾아왔다. 반갑기 그지없었다. 커피를 마시며 지난 얘기를 나누었다.

그들은 지금 행복하게 잘 살고 있다며 그게 다 스님 덕분이라고 했다. 무슨 소리냐고 했더니 그들은 현덕사 템플스테이 온 날, 터미널에서 처음 만났단다. 그래서 함께 현덕사로 온 거란다. 첫 만남이었다니. 난 당연히 부부려니 하여 한 방을 주며 쓰라고 했는데, 그들의 인연은 그렇게 시작된 것이었구나. 그래서 내 덕이라고 한 것이다.

남편은 직장 업무가 바빴고, 아내는 아이 키우고 마을의 공동체 일을 하느라 바빴단다. 그들은 도저히 짬을 낼 수 없어 이제야 왔다며 미안해했다. 아이가 하도 귀엽고 사랑스러워 나도 어설프게나마 한번 안아보았다. 아이를 안을 때 온 세상을 다 안은 딱 그런 느낌이 들었다. 참 기분이 좋았다.

지금도
꽃이 핀다

서울에서 현덕사를 종종 찾아오는 젊은 보살님 한 분이 있다. 그 보살님이 내게 한 말이 아직도 잊혀지지 않고 기억으로 남아 있다.

지난봄 어느 날 벚꽃이 눈이 부실 만큼 화려하게 피는가 싶더니 봄바람따라 꽃잎이 속절없이 우수수 흩날리며 떨어졌다. 보살님은 그 모습을 보며 이제는 저렇게 지는 벚꽃을 보면서도 서운하거나 슬프지 않다는 이야기를 담담하게 들려주었다. 봄꽃이 지고 나면 여름꽃이 피어나고, 여름꽃이 지면 가을꽃이 기다렸다는 듯 파란 가을 하늘 아래 피어나기 때문이란다.

지금은 삼성각 옆 노란 마타리꽃이 코스모스만큼이나 여린 가지에 노랗게 피었다. 코스모스도, 억새꽃도 삐쭉삐쭉 올라오기 시작했다. 대웅전 앞에 놓인 큰 함지박에는 하얀 백련이 여름 내내 피고 지며 아름다운 꽃잎만큼이나 더 좋은 향기를 항상 현덕사 도량에 그윽하게 흩뿌린다. 덕분에 불자들은 행복했다.

양지 쪽 눈이 봄 햇살에 사르르 녹으면 그 자리에 눈 속에서도 핀다는 복수초꽃이 수줍은 듯 노랗게 핀다. 봄기운이 좀 더 완연하게 따뜻해지면 포행길에서 만나는 노루귀 닮은 노루귀꽃의 솜털이 보송보송 귀엽다. 할미꽃은 너무나 억울하다. 꽃이 피면서부터 할미꽃이라 부른다. 갓 피어난 아기 꽃도 할미꽃이라 불리니 참으로 안타까운 이름이다. 길가에 흔히 볼 수 있는 애기똥풀꽃은 사랑이 듬뿍 묻어나는 이름이다.

나에게 진달래는 그리움이고 향수다. 어렸을 적 친구들과 입술이 까맣도록 따서 먹었던 꽃이 바로 진달래다. 봄이면 온 산천을 분홍빛으로 물들인다. 봄만 되면 현덕사에서는 꽃을 따 화전을 부쳐 먹는다. 화전이 하도 예뻐 먹기가 미안하고 아까운 마음이 든다. 하얀 찔레꽃이 피고 비슷한 시기에 아카시아 꽃도 피고 지고 나면, 여름 꽃인 칡꽃이 피기 시작하여 지금까지도 피고 지고 있다. 포행길 어디선가 향긋한 꿀 향기가 나서 향기를 쫓으면 자주색 칡꽃이 무더기무더기 피어 있다.

현덕사 마당에 드리워진 산 그림자를 보니 여름이 가고 가을이 느껴진다. 보리매미 울음소리도 어째 힘이 빠진 듯 들린다. 해거름이 지면 하얗게 피기 시작하는 박꽃도 오늘 새벽 예불 다니는 길에 보니 딱 한 송이가 초라하게 피어 있었다. 아마도 해가 뜨면 시들어버릴 것이다. 현덕사에는 백일홍도 서너 그루 있다. 여름내 피었다가 이제는 지고 있다. 얼마나 꽃송이가 크고 탐스럽게 피었던지 꽃무게를 못 이겨 가지가 축축 휘어졌다. 이름대로 백일 동안이나 꽃이 핀다고 해서 백일홍이라 부른다.

조금 있으면 용잠꽃이 필 것이다. 용잠은 보면 볼수록 신비롭고 아름다운 꽃이다. 지난봄에 목화씨를 정성껏 심고 매일같이 물 주고 잡초를 뽑고 하였지만 심한 가뭄으로 대부분 타서 없어졌다. 그래도 불행 중 다행으로 열서너 포기가 살아남아 하얀 미색으로 피었다가 지면서 고운 분홍색으로 변한다. 그대로 두면 하얀 목화솜으로 피어난다. 이 꽃은 물을 주지 않아도 오래도록 하얀 목화를 볼 수 있다. 지금도 다완에는 지난해 가을에 딴 목화가 소복하게 담겨 있다. 올가을에도 예쁜 목화솜꽃을 꺾어 찻방에 둘 것이다. 보라색 쑥부쟁이가 지천으로 피고 들국화가 날 보란듯 필 거다. 만월산은 구절초가 온 산에 피어 찬 서리가 내릴 때까지 가을 산을 예쁘게 수놓을 것이다. 한여름 무성하던 푸른빛 산색도 조금씩 변해간다. 아름답게 단풍이 들어 가을 산을 꾸미다가 된서리를 맞고 낙엽으로 내릴 것이다.

엄동설한 한겨울에도 꽃은 핀다. 온 산 온 나무에 하얀 눈꽃이 핀다. 설화의 아름다움은 말이나 글로 형언하기 어렵다. 때가 되면 꽃이 피고 지고 열매를 맺는다. 그리고 익으면 자연스럽게 떨어진다. 조바심을 내지 말고 노력하면서 때를 기다리는 삶이 행복하고 아름다운 삶이다. 이것이 자연의 순리이자 이치다.

봄에 만나는
행복

따스한 햇살이 깊게 절 마당으로 들어와 긴 동면에 잠겼던 생명의 움을 틔워준다. 남녘으로부터 다투어 피어나기 시작한 봄꽃의 향연이 매스컴을 타고 올라온다. 꽃구경에, 봄나들이에 온 산천이 들썩이며 제자리마다 굳건히 버텨온 시간을 보상하듯 천지 가득 꽃잔치가 열린다.

이렇게 포근한 봄볕이 드는 창가에 앉아 화사하게 핀 벚꽃 그늘에서 달콤한 꽃향기를 맡으며 책을 읽으면 참으로 좋다. 정말 낭만적이고 행복한 추억이다 싶어 괜스레 흐뭇하다.

얼마 전 만난 칠순의 택시 기사님 모습이 떠오른다. 그는 운전을 하다가 빨간 신호등에 멈출 때면 곁에 둔 책을 읽었다. 그 모습을 보면서 "기사님! 늘 이렇게 책을 읽습니까? 한 달에 얼마나 책을 읽습니까?"라고 여쭤봤더니, 주저 없이 "한 달에 열 권 정도는 읽는다. 책을 읽는 시간이 정말 행복하다"고 답했다.

'하루라도 책을 읽지 않으면 입에 가시가 돋는다'는 안중근 의사의 말이 새삼 더 진하게 다가오면서 독서에 유독 게을렀던 시간들을 반성하며 방 안 가득 흩어진 책들을 정리해본다. 선진국이 되기 위한 조건이 여러 가지 있을 수 있겠지만 무엇보다 제일 기준이 독서량에 있다고 생각한다. 자본주의 사회에서 경제적으로 막대한 부를 축적하고, 높은 층수의 건축물을 자랑하듯 올리는 것만이 결코 선진국의 조건이라 볼 수 없다.

KTX 기차를 타고 서울에서 부산으로 왕복하면서 책을 읽는 사람이 얼마나 되는지 일부러 첫 칸부터 마지막 칸까지 둘러봤는데 정말 귀했다. 어디를 가도 책을 들고 읽는 사람을 찾아보기 어려웠다. 지하철을 타도 마찬가지다. 휴대폰에 고개를 박고 몰두해 있는 모습이 처음에는 이상하다가 나중에는 신기하기까지 했다. 버스 터미널에서 대학생으로 보이는 젊은 학생들도 예외 없이 고개를 숙인 채 귀에 이어폰을 꽂고 게임 삼매경에 빠져 있는 것을 보면서 참으로 측은한 생각마저 들었다. 이 험난한 세상에 뭘 어떻게 해서 즐겁고 행복한 삶을 살아갈 수 있을까 걱정스런 마음이 들었다.

우리 삶의 궁극적 목표는 행복이다. 이 시대에서 보다 풍요롭고 지혜롭게 살아가고자 하는 사람이라면 세 가지 종류의 책을 권한다.

첫째, 전문 분야 서적을 읽어라. 잘 먹고, 잘 입고, 잘 쓰고 살려면 자기가 하는 생업에 필요한 전문 서적을 반드시 읽어야 한다. 그래야만 그 분야의 최고가 될 수 있다. 둘째, 인문학 서적을 읽어라. 세상을 살아갈 때 소통이 잘 이루어져야 행복이 배가 된다. 인문학은 세상의 이치와 수많은 삶의 길이 잘 녹아 있는 학문이다. 셋째, 우리는 빵만으로는 살 수 없다. 생업을 위해 전문 분야 책을 읽고, 삶의 지혜를 얻기 위해 인문학 책을 읽지만 자유로운 마음으로 우리의 감각을 깨우고 마음의 양식을 쌓을 수 있는 아름다운 소설이나 수필이나 시 같은 문학 서적도 많이 읽어야 한다.

오늘날 우리가 보고 듣는 많은 소식들은 끔찍해 차마 눈 뜨고 볼 수 없고, 귀로 들을 수 없는 이야기들이 넘친다. 씁쓸한 현실이다.

간혹 해외여행을 나가서 만나는 외국인들은 책 읽는 모습이 아주 자연스러운 일상처럼 느껴진다. 그들의 배낭에는 대부분 책이 꽂혀 있다. 현덕사는 템플스테이 사찰이라 전국 각지에서 다양한 사람들이 방문해 머문다. 휴식을 위해 오롯이 자신만의 시간을 가지려 오는 분들도 계시지만 책을 가지고 오는 사람이나 책을 읽는 사람은 별로 보지 못했다. 성경을 읽으면 예수를 만나고, 불경을 읽으면 부처를 만나고, 논어를 읽으면 공자를 만나는 것이다.

자연스레 우리의 곁에서 삶을 함께하면서 때로 길을 안내하는, 때때로 위로와 위안을 주는 책을 읽는다면 참 좋겠다는 생각을 한다. 책은 우리를 이어주는 징검다리다.

성경을 읽으면 예수를 만나고,
불경을 읽으면 부처를 만나고,
논어를 읽으면 공자를 만난다.

잡초와의
전쟁

현덕사는 마당이 넓은 편이다. 작은 주차장이 두 군데 나 있고, 대웅전 올라가는 계단 옆으로 길게 채소밭도 있다. 본래 계절따라 피는 온갖 꽃들을 심고 가꾸어, 쉼 없이 찾아드는 벌과 나비를 볼 수 있는 꽃밭이었다. 그 꽃밭이 몇 년 전부터 상추나 시금치 등을 심는 채소밭으로 변했다. 고추, 방울토마토, 가지, 토란, 방아, 고수, 오이, 수박 등등 온갖 채소들을 화초처럼 심어 키운다. 유일하게 식용이 아닌 화초로 키우는 게 있다. 바로 목화다. 하기야 목화도 어린잎은 나물로 먹기도 한다. 덜 여문 목화 열매를 다래라 한다. 달짝지근한 게 맛이 있다. 예전에 먹을 것이 귀할 때 아이들이 어른들 눈을 피해 많이 따 먹기도 했다.

지난여름에 상추가 너무 비싸 '금상추'로 불렸다. 하지만 현덕사에서는 제일 흔하게 먹는 채소가 바로 그 금상추다. 주기적으로 간격을 두어 씨앗을 뿌리고 모종을 심어 키웠다. 상추쌈과 방울토마토를 실컷 따 먹을 수 있었던 것은 여름 내내 잡초와의 전쟁을 치렀기 때문이다.

여름은 잡초와의 전쟁이다. 시골 사는 사람들의 숙명 같은 일상, 우리 현덕사도 봄부터 지금까지 그 전쟁을 치르고 있다. 채소밭이나 꽃밭, 마당에 난 잡초를 뽑고 뽑아도 또 올라오고, 베고 또 베어도 쑥쑥 자란다. 잡초의 생명력은 경이로울 지경이다. 마당에 자갈을 깔아놓으면 풀이 안 나고, 나도 덜 자란다고 해서 큰돈을 들여 깔아놨는데, 당장은 덜한 것 같아도 올라올 잡초는 다 올라오는 듯하다. 현덕사에서는 아무리 잡초가 무성해도 제초제를 쓰지 않는다. 흰둥이와 현덕이가 마당에서 뛰놀며 뒹굴고, 심지어 고인 빗물까지 마시기 때문이다. 벌겋게 풀들이 말라 죽어가는 모습 또한 보기 싫다.

어느 글에서 제초제를 뿌리면 흙도 함께 죽는다는 내용을 읽었다. 충격적이었다. 사실 잡초도 한 생명이며, 이름을 가진 한 포기 들꽃이고 들풀이다. 현덕사 주위에서 자라는 풀 중에 먼저 뽑는 게 한삼덩굴과 며느리밑씻개다. 며느리밑씻개는 얼추 잡힌 듯하다. 줄기에 가시가 있어 아주 성가신 잡초다. 한삼덩굴도 자라는 속도가 빨라 무섭게 세력을 확장한다. 보이는 것은 웬만큼 다 뽑았다. 보이지만 도저히 다가갈 수 없는 언덕 아래에 태어나 자라는 것은 그저 바라만 볼 뿐이다.

마당이나 논밭에서 태어나 잡초라 불리고 제거의 대상이 되는 풀이 한편으로 가엾다. 그 풀도 산과 강가에 태어났다면 길 가는 사람들에게 사랑받고 칭찬받았을지 모른다. 자운영, 찔레꽃, 민들레, 애기똥풀, 은방울꽃, 마타리, 물봉선 등등 예쁜 이름을 가진 들꽃으로 살아갈 수 있었을 거다. 어디에 태어나 사느냐에 따라 운명이 달라진다. 본디 그들이 이 땅의 주인들이다. 인간들이 길을 내고 집을 짓고 논밭을 만들고는, 잡초라고 이름 붙여 억울하게 쫓겨난 것이다.

산에 사는 사람들을 제일 괴롭히는 게 뭐냐고 물으면 대부분 칡넝쿨이라고 한다. 우리 현덕사도 예외는 아니다. 칡넝쿨이 온 밭과 마당, 심지어 길에까지 쳐들어온다. 인정사정없이 막무가내로 걸리는 대로 감아 타고 넘어 마디마다 뿌리를 내려 진지를 만든다. 마치 점령군처럼 무서운 속도로 밀물처럼 밀려온다. 무성한 크고 넓은 잎으로 사방을 완전히 장악해버린다. 뭐든지 닥치는 대로 칭칭 감아 덮어버리기에 나무에게도 고통을 준다. 그렇지만 산행길에 칡꽃 향기를 만나면 무척이나 달콤한 향기에 취해 행복하다. 풀을 베거나 뽑으면서도 마음 한쪽에는 들풀에게 미안한 마음이 없는 게 아니다. 그래서 다음 생에는 꼭 좋은 곳에서 태어나 사랑받고 살라며 축원해준다. 세상에 오롯이 나쁜 것은 없다. 잡초 또한 마찬가지다.

고라니의
횡포

현덕사 대웅전 앞에는 물이 담긴 큰 함지박 여섯 개가 놓여 있다. 연못을 대신해 연뿌리를 심어 연꽃을 보기 위해서다. 하지만 연꽃의 새순을 보는 건 쉽지 않다. 매년 봄 일찍부터 연통에 물을 받아 새순이 올라오길 기다리지만 끝내 볼 수 없었다.

주변 환경에 조금 덜 민감한 수상식물을 심어야겠다고 생각하고 이번엔 부레옥잠을 심었다. 수수하면서도 환하게 피워내는 보라색 꽃을 보려고 해마다 부레옥잠을 물 위에 띄운다. 그런데 지난해에도 그 예쁜 꽃을 볼 수 없었다.

올해도 몇 번이나 부레옥잠을 함지박에 띄웠는데 아직 꽃을 보지 못했다.

고라니 때문이다. 부레옥잠을 사다가 띄우는 족족 산에서 내려온 고라니가 다 뜯어 먹는다. 그것도 잔뿌리만 남기고 깡그리 다 먹어치우기 때문에 부레옥잠이 살아나 꽃을 피울 가능성이 전혀 없다. 결국 부레옥잠을 사다 넣는 것을 포기했다.

그래도 물은 계속 채워주어야 한다. 물이 가득한 함지박 속엔 올챙이가 살고 있기 때문이다. 이 올챙이들이 빨리 크길 바라는 마음으로 먹이를 챙겨주고 있다. 함지박 속 올챙이가 자라나 봄, 여름밤에 개구리 노랫소리를 듣고 싶은 마음에서다.

하지만 상황이 녹록지만은 않다. 부레옥잠이 있을 때는 올챙이가 쉴 수 있는 그늘이 있었는데, 이제는 뜨거운 햇빛에 완전히 노출되었다. 고라니가 무자비하게 부레옥잠을 뜯어 먹으면서, 뿌리에 숨어 있던 올챙이들이 뿌리에 딸려 나와 바닥에서 죽어간다.

고라니의 만행은 또 있다. 밥에 넣어 먹으려고 완두콩

을 심었는데, 이 고라니들이 새순부터 줄기에 난 콩잎까지 깡그리 잘라 먹었다. 앙상하게 줄기만 남아버린 완두콩을 보면 속상하기가 이를 데 없다. 시내에서 절까지 오가며 밭을 일구고 가꾼 거사님의 보람이 사라져버렸다.

몇 년 전에는 옥수수를 심었는데 한 개도 못 먹었다. 그때엔 멧돼지의 소행이었다. 그래도 사람 먹을 건 조금 남겨두고 먹어치우지, 산짐승들은 최소한의 양심도 없나 보다. 불살생을 제1 계율로 삼고 사는 승려가 이들을 잡을 수도 없는 노릇이다.

정성껏 농사지은 작물을 싹싹 먹어치우는 산짐승에 부아가 치밀어 오르다가도, 그들 역시 이곳 만월산에서 함께 살아가는 주인임을 생각한다. 우리 사람들과 더불어 살아갈 권리가 있고 이 산에서 나는 것을 맘껏 먹을 권리가 있다. 같은 산자락에 사는, 어찌 보면 우리 현덕사의 가장 가까운 이웃인 셈이다.

그리도 밉고, 만나면 한 대 때려주고 싶었던 멧돼지가 요즘은 통 보이지 않는다. 내심 서운한 마음과 더불어 걱정도 든다. 몇 년 전 아프리카 열병으로 산돼지들이 다 죽

어버린 건 아닐까. 이제는 그리해도 좋으니 한 번쯤 내려
왔으면 하는 마음조차 든다.

시골길이나 산길을 다니다 보면 온 천지가 철조망으로
둘려져 있다. 인간의 재산과 농작물을 보호하기 위한 것이
다. 산토끼 한 마리도 빠져나가지 못하게 촘촘히 쳐져 있
어 산짐승의 이동이 완전히 차단되었다. 산짐승들은 결국
그 안에 갇혀 죽고 말 것이다.

야생동물이 없는 산은 상상만으로도 끔찍하다. 동물들
이 움직이고, 땅을 파고, 식물을 캐내어 먹고, 분비물을 땅
으로 돌려보내고 하는 모든 것들이 자연의 이치다. 이 땅
에 함께 사는 생명체이기에 자연의 대순환 안에 조화롭게
공존해야 한다. 야생의 동물이나 조류, 더 나아가 곤충도
우리와 함께 더불어 살아가는 이웃이다.

그래, 고라니가 망친 부레옥잠 함지박은 시간을 두고
다시 심으면 그만이다. 망쳐진 옥수수 농사도 다시 지으면
되고, 정 안 되겠다 싶으면 산짐승들이 먹지 않는 상추나
깻잎을 심어 먹으면 그만이다. 고라니나 멧돼지 같은 산짐
승들도 다 지능이 있고 지각이 있어, 어딜 가면 자기들이

좋아하는 먹이가 있는 줄 다 안다. 그들이 현덕사 마당을 잊을 때까지 잠시 기다리면 된다. 그렇게 기다리며, 언젠간 아침 공양 후 템플스테이 온 사람들과 함께하는 포행길에, 멧돼지가 땅을 파헤친 흔적을 다시 마주할 수 있길 바란다. 우리의 이웃이 다시 만월산으로 돌아오길 기다린다.

산사의
밥상

세상의 모든 일에는 전부 '그때'가 있다. 특히 농사를 짓는 농부들에겐 때가 매우 중요하다. 때맞춰 파종을 하고 가꾸어야 거둘 수 있기 때문이다.

식물은 기후의 영향을 절대적으로 많이 받는다. 올봄엔 별로 한 것도 없었는데 어쩌다가 때를 놓쳐 박 모종을 사기 힘들었다. 주문진, 강릉의 씨앗이나 모종 파는 가게를 다 다녀도 둥근 바가지 박 모종은 못 사고 조롱박 모종만 살 수 있었다. 초가지붕 대신 파란 잔디 위나 큰 바위 위에 둥근 달처럼 열린 큰 박이 점잖게 앉아 있는 모습을 보는 즐거움이 있었는데 올해는 못 보게 됐다. 하얗게 피는 박꽃은 꽃도 아주 크다. 자세히 들여다보면 꽃이 톡톡 피는 것도 관찰할 수 있다. 나는 풀 내음 머금은 소박한 박꽃 향기를 참 좋아한다. 사람에 비유하자면 박꽃의 소박하고 청아한 자태와 향기는 어머니나 누나를 연상하게 한다.

늦었지만 호박도 몇 포기 심었다. 호박은 참으로 유용한 식물이다. 노랗게 피는 꽃도 예쁘지만, 여린 줄기나 호박잎을 따 잘 쪄서 된장에 쌈 싸 먹으면 한여름 반찬 중 최고의 별미다. 애호박은 나물이나 된장찌개에 넣어 먹으면 정말 맛이 좋다. 그리고 가을에 잘 익은 늙은 호박은 호박죽을 끓여 먹어도 참으로 맛있다. 더 좋은 것은 한겨울에 호박을 잘 깎아 줄처럼 길게 만들어 빨랫줄에 널어 얼렸다 녹았다 반복해서 말린 것이다. 호박떡을 해 먹으면 세상 그 어떤 떡보다 꿀맛이다. 계절 떡으로 봄에는 쑥떡을 서너 번이나 해 먹고, 겨울에는 호박시루떡을 한두 번 해서 좋은 사람들과 나누어 먹는다.

지난 일요일 점심 공양 때 갑자기 사람들이 몰려왔다. 공양은 해야 되고 준비된 찬은 별로 없었다. 늦게 심은 상추나 루콜라는 아직 어려 먹을 수 없었다. 문득 사찰 주위에 자생하는 토끼풀과 머위가 떠올랐다. 그런데 그 많던 토끼풀도 잘 자라 좋은 것은 누군가가 다 잘라 먹고 안 좋은 것만 남아 있었다. 부지런한 산토끼나 고라니가 먹은 듯했다. 고민하다가 몇 년 전 진주에서 가져다 심은 몇 그루 가죽나무의 연한 줄기만 땄다. 주변에 산뽕나무도 많이 있어 부드러운 뽕잎을 따 제피잎과 함께 푸짐하게 먹었다. 다들 최고의 오찬이라고 칭찬을 아끼지 않았다.

사찰에서는 갑자기 공양할 사람이 많이 오면 텃밭에 있는 상추나 야채를 생된장과 함께 쌈으로 대접하는 게 제일 손쉬우면서도 풍성한 대접이다. 거기다 풋고추를 된장이나 고추장에 푹 찍어 먹으면 누구라도 만족한다. 고추도 얼마 전 심어 이제 꽃이 피기 시작했다. 그래서 가끔 풋고추를 많이 사다 놓는다. 고추는 보관이 쉽고 좀 오래 두어도 먹을 수 있다.

요즘 현덕사에 오면 아주 색다른 먹거리가 많다. 방아잎이 있고, 향이 매우 진한 제피잎도 있다. 큰 절 스님들이 많이 모여 사는 곳에서는 점심때 고수 반찬이나 쌈이 나오면 밥을 두 그릇이나 먹을 만큼 다들 좋아하는 특식이다. 가죽나물은 특이한 향 때문에 싫어하는 사람도 있지만, 나는 그 향이 좋아 봄철에는 경상도 진주까지 가서 사오기도 한다. 쪄서 나물도 하고 찹쌀풀을 발라 햇볕에 잘 말려 가죽부각을 만들기도 한다. 그냥 연한 잎을 쌈으로 먹어도 맛이 좋다. 또 현덕사 주변에 이른 봄부터 늦여름까지 제일 흔하게 많이 나는 게 머위다. 줄기는 줄기대로, 잎은 잎대로 나물이나 쌈으로 먹으면 쌉싸름한 게 일품이다. 초가을쯤이면 덜 여문 산초를 따 산초 장아찌를 담가 먹으면 입안에서 톡톡 터지는 맛으로 입맛을 돋운다. 가을에 어쩌다가 송이라도 몇 뿌리 생기면 덜 여문 박을 따서 송이 박고 지 국을 끓여 내놓으면 최고로 귀한 대접이 된다.

요즘 마트나 시장에 가면 시도 때도 없이 나오는 찬거리나 과일이 천지다. 하지만 제철 그때 맞춰 나오는 채소나 과일의 맛이 훨씬 더 좋다. 물론 사람들의 건강에도 훨씬 좋을 것이다.

노랑
할미새

매년 가을 새집 예닐곱 군데를 깨끗하게 청소한다. 새는 묵은 둥지에 들지 않기 때문이다. 봄이면 청소한 새집에 어떤 새가 깃들여 둥지를 트는지 기다리는 즐거움이 큰데, 올해는 봄이 다 가도록 한 곳에도 새가 들지 않았다.

텅 빈 새집을 바라보는 마음이 한없이 허전하고 서운하던 차에 어느 날 템플스테이관 기둥에 달린 새집에 둥지를 트는 흔적이 보이기 시작했다. 둥지가 엉성해 보여 초보 어미 새라고 생각했다. 며칠 지나 자그맣고 예쁜 알 네 개가 놓여 있었다. 그 알을 품은 어미 새와 눈인사도 나눴다. 어미 새는 알을 품고 열흘 동안 한 번도 둥지를 비우지 않았다.

밥을 먹었는지, 물이라도 먹는지, 궁금하고 걱정되었다. 꼿꼿하게 들고 있던 고개가 날이 갈수록 내려갔다. 힘이 빠진 기색이 역력했다. 부화가 제대로 되는 건가 걱정되어 다가가 보니 힘차게 날아올랐다. 약간 긴 꼬리를 아래위로 까딱거리는 노랑할미새다.

노랑할미새는 다른 새와 달리 파도 타듯 울렁울렁 난다. 건강하게 나는 모습을 보니 안심이 되었다. 나뭇가지에 옮겨 앉아 지저귀다 요리조리 고개를 돌려 두리번대고 꼬리를 까딱거리는 모습이 귀엽기 그지없다. 며칠 후 어미 새가 안 보여 둥지를 들여다보니 갓 부화한 아기 새 네 마리가 꼬물거리고 있었다. 새 생명이 탄생했다.

현덕사에 새로운 가족이 태어나다니 가슴이 벅찼다. 아기 새는 머리가 작은데 입은 억수로 크다. 노란 테두리를 한 부리를 크게 벌려 어미에게 먹이를 서로 달라고 재촉했다. 하루가 다르게 쑥쑥 자라 깃털도 나서 작은 노랑할미새 티가 제법 난다. 며칠 더 있으면 둥지를 떠나 넓은

어미 새를 기다리며 꼬물거리는 아기 새는
귀엽기 그지없다.

창공을 훨훨 날아다니리라. 지구의 한 구성원으로 당당하게 우리와 함께 살아갈 이웃이다.

예전에 비해 새가 줄어든 게 확실하다. 해마다 찾아오던 파랑새, 벙어리뻐꾸기, 아름다운 소리로 노래하는 휘파람새 등 오랫동안 우리의 벗이었던 새들이 찾아오지 않았다.

얼마 전 아침 일찍 둥지를 나온 듯한 새끼 새를 보았다. 아직 잠에서 덜 깬 듯 졸린 눈으로 나뭇가지에 앉아 있다가 홀라당 거꾸로 매달려 졸고 있다. 어미의 따스한 품속 꿈을 꾸었을까, 어서 자라 어미 새가 되는 꿈을 꾸었을까. 저 어린 새의 앞날에 항상 밝은 햇살이 비치기를 기원한다. 또 그렇게 맑은 하늘이기를.

가을에 느끼는
무상함

유난히 더웠던 여름을 보내고 계절은 벌써 가을이 깊어가고 있다. 현덕사가 자리한 오대산 자락도 단풍잎은 붉어지고 나뭇가지는 하나둘 낙엽을 떨어뜨리고 있다. 마을 이곳저곳 큰 키로 서 있는 감나무는 잎을 모두 벗어던지고 주홍빛 감만 매달린 모습이 가을을 흠뻑 느끼게 한다.

논에서는 나락을 수확하고 있다. 어느 밭에서는 깨를 터는지 고소한 깨 냄새가 코끝을 파고든다. 예전처럼 온 들녘에 모여 함께 봄부터 정성 들여 가꾸어온 작물들을 수확하며 빙그레 둘러앉아 새참과 함께 막걸리 한 사발씩 들이키는 모습을 더 이상 볼 수 없는 것이 조금은 아쉽다. 아마도 산에는 나무들이 잎을 모두 털어내고 들에 있는 작물들이 베어지면 곧 겨울이 오고 눈도 내릴 것이다. 그럴 때면 우리는 계절의 무상함을 느낀다. 아니, 이런 자연의 변화를 보며 인생의 무상함을 더 많이 느낄지도 모르겠다.

'무상無常'이라는 말은 '항상 있는 것은 없다'라는 의미다. 다시 말하자면 '모든 것은 변하며 변하지 않는 것은 없다'는 뜻이다. 우리가 가을에 열매를 수확할 수 있는 것도 농부들이 봄부터 정성 들여 싹을 틔우고, 작물들이 뜨거운 태양과 비바람을 맞으며 하루하루 매일 변하며 자란 덕분이다. 산속 나무들도 봄에 잎을 내어 여름에 무성하게 자라고 가을엔 씨앗을 땅에 흩뿌리고는 매서운 겨울 추위를 견디고 다시 봄에 새잎을 내기 위해 옷을 다 벗고 겨울을 준비한다. 이런 자연의 변화 덕에 우리 인간은 자연에 기대어 살아갈 수 있는 것이다.

우리 인간의 삶도 자연과 마찬가지다. 세상에 나온 날부터 단 하루도 같은 날을 살지 않는다. 어려서는 부모님의 보호 아래 성장하고 더 나은 삶을 위해 공부도 하며 많은 것을 배운다. 자기 삶을 주체적으로 가꾸고 변화시키며 행복한 삶을 살기 위해서다. 비록 오늘은 힘들고 고통스럽지만 이 괴로움을 이겨내면 내일은 행복할 수 있다는 희망을 가지며 살아가는 것이다. 이렇듯 매일매일이 다르기 때문에 우리는 살 수 있다.

불교에서는 이러한 자연과 인간의 삶을 무상하다고 표현한다. 모든 것은 변하기 때문에 우리는 희망을 가질 수 있고, 그 속에서 행복을 찾을 수 있다. 가난한 사람은 열심히 일하고 노력하면 부자가 될 수 있고, 병든 사람은 꾸준히 운동하고 치료하면 건강해질 수 있다는 희망 속에서 현실을 이겨내고 행복해질 수 있다. 반대로 부자인 사람은 부를 유지하기 위해서 정당한 노력을 이어가며 이웃에게 더 많은 것을 베풀어야 할 것이고, 건강한 사람은 평소에 더욱 몸 관리를 철저히 해야 계속 건강한 삶을 유지할 수 있다. 이렇듯 각자가 처한 현실은 다르지만 자기 삶에 애정을 가지고 능동적으로 삶을 마주하면 모두가 희망을 가지고 행복한 사회를 만들 수 있을 것이다.

그러나 우리 현실을 보면 안타까움이 많다. 가난한 사

람은 아무리 노력해도 불합리한 사회 시스템 때문에 그 가난에서 못 벗어나고, 부자들은 갖은 편법과 권력을 이용해 그 부를 부당한 방법으로 세습한다. 정당하지 않은 방법으로 부를 채우고 갖은 편법으로 권력을 손에 쥔 이들은 마치 그것이 영원할 것처럼 행동한다. 그러나 수많은 동서고금의 역사에 비추어 보더라도 정당하지 못한 부와 권력은 필히 망하는 게 세상의 이치다. '권불십년, 화무십일홍'이라는 말도 있지 않은가!

우리는 모두 다르다. 각자 처한 현실도 다르고 가진 것도 다르다. 그렇지만 누구에게나 공정하고 정당한 기회가 주어져야 한다. 그렇지 않으면 우리는 건강한 공동체를 만들 수 없고 항상 갈등과 반목 속에서 벗어날 수 없다. 스포츠 경기에서도 공정한 규칙 아래 모든 경쟁자들에게 같은 기회가 부여될 때 승자는 패자에게 축하받고, 패자는 승자에게 위로받을 수 있다. 공정한 기회와 판정이 없다면 승자든 패자든 승부의 결과에 불복하고 보는 이들에게도 그어떤 감동을 줄 수 없을 것이다.

우리 사회도 마찬가지다. 많이 가진 사람이든 적게 가

진 사람이든 공정한 기회가 주어져야 건강한 사회가 될 것이다. 이런 사회를 만들기 위해 노력하고 희생하는 것이야말로 우리가 후대에게 남겨줄 수 있는 가장 가치 있는 일이다. 더 이상 젊은이들이 '금수저, 흙수저' 같은 논쟁 없이 자신의 인생을 설계하고 행복한 마음으로 하루하루 열심히 살 수 있는 세상을 만들어주는 것이 어른들의 무거운 책무다. '인생은 무상하다'라는 말이 허무적이고 자조적인 말이 아니라, 내 삶은 내가 바꾼다는 긍정적이고 희망찬 말이라는 의미를 다시 한번 되새겨야 할 것이다.

산사의
가을 풍경

    오곡백과를 수확하는 결실의 계절 가을이다. 가을이라고 하면 수식하는 말이나 글이 다른 계절에 비해 훨씬 많다. 예부터 가을은 천고마비의 계절이라 해서 하늘은 높고 말은 살찐다고 했다.

    가을 하늘을 올려다보면 다른 계절보다는 확실히 높아 보인다. 지난봄 현덕사 텃밭에 심어놓은 들깨가 기특하게도 잘 자라 벨 때가 되어 함께 일손을 보태 수확했다. 낫으로 베는 순간 들깨 향이 진하게 확 풍겨 오는 게 참 좋았다. 어렸을 때 맡았던 기억 속 그 냄새였다. 토종이라 향이 더 진하고 기름을 짜면 훨씬 더 고소하단다. 산속에 살다 보니 계절의 변화를 도시에 사는 사람들보다 더 세세하게 느낀다. 눈으로 보고 느끼고, 귀로 듣고 느끼고, 몸으로 느낀다. 한여름 무더위가 끝날 때쯤 고추잠자리 한두 마리가 날아다니는 게 보이기 시작하면서 절 마당에 산 그림자가 좀 더 진하고 길게 그려지면 가을의 시작을 알 수 있다. 그리고 가을 풀벌레 소리가 들리고 감나무잎에 단풍이 들고 감이 붉게 익어가면 본격적인 가을이다.

들녘의 벼들이 고개를 숙이고 누렇게 변해가면서 피부로 느끼는 바람결에 상쾌함이 묻어난다. 현덕사 도량에 피는 꽃을 보면서도 계절의 변화를 안다. 지금은 목화솜꽃이 하얗게 피어 있다. 목화꽃은 필 때는 하얗게 피었다가 질 때는 아주 고운 붉은색으로 진다. 오늘 피었다 내일이면 진다. 아주 짧게 피는 꽃이다. 꽃이 지고 나면 다래가 열린다. 다래나무의 다래가 아니다. 옛날 시골에서는 목화 열매를 다래라고 불렀다. 예전에는 아이들이 어른들 몰래 솜이 되기 전 목화 열매인 다래를 많이 따 먹었다. 하얀 속살이 부드러우면서 달콤한 게 참 맛이 달고 좋다. 현덕사에

같이 심은 감나무들은 소식이 없는데
한 그루에만 화초처럼 감이 열렸다.

오는 나이 든 사람은 추억을 음미하고, 아이와 젊은이에게는 새로운 맛을 알려준다. 다들 신기해하고 좋아한다.

약사불 가는 길에 가을꽃인 구절초와 쑥부쟁이가 흐드러지게 피고 질 때쯤 예쁜 보라색 용담이 무더기무더기로 핀다. 그런데 다니기 불편할 정도로 풀이 너무나 무성하게 자라 절에 자주 오는 거사님에게 풀을 좀 베어달라고 부탁했다. 그 길에는 용담이 죽 피어 있었다. 풀을 깎으면서 어떤 건 살리고 나머지만 깎기란 참 성가시고 어려운 일이다. 풀을 다 베고 나서 죽 둘러보니 꽃들이 그대로 예쁘게 피어 있었다. 꽃은 살리고 잡초만 벤 것이다. "우째 꽃을 다 살렸네요?" 물으니 너무 예쁜 꽃이라 힘들지만 다 살렸다고 했다. 거사님은 참 아름다운 마음씨를 가진 좋은 분이라고 칭찬해드렸다.

누구나 특별히 좋아하는 과일이 있을 것이다. 나는 감을 좋아한다. 단감보다는 서리 맞은 떫은 감을 더 좋아한다. 가을이면 몸무게가 늘 정도다. 지금 현덕사 감나무에는 가을 햇살을 받아 잘 익은 감들이 주렁주렁 달려 있다. 감잎은 며칠 전 강한 비바람에 다 떨어졌다. 파란 하늘과 감나무에 매달린 빨갛게 익어가는 감이 참 잘 어울리는 가을 정취다. 몇 년 전 고향에서 구한 단성감 묘목 열 그루를 심었다. 그런데 서너 그루는 죽고 대여섯 그루가 살아남았다. 극락전 앞에 한 그루에 올해 첫 감이 열렸다. 같이 심은 다른 감나무에는 하나도 안 열렸는데 그 나무에는 가지가 부러질 정도로 많이 달렸다. 그래서 가지마다 나무로 고여 주었다. 보살님들이 꼭 화초 같다고 했다. 아직 서리가 내리지 않아 먹지는 못했다. 과연 어렸을 때 먹었던 그 맛이 날지 궁금하다.

　해마다 가을이면 곶감을 깎아 처마 밑에 매달아 말린다. 올해도 줄에 꿰어 매달아놨다. 곶감은 오래 두고 먹을 수 있어 좋다. 그리고 가장 가을을 느끼게 하는 풍경이다. 절에는 큰 밥상이 많아서 감홍시를 만들어 먹기도 좋다. 감을 따다가 상 위에 죽 늘어놓고 홍시가 되는 순서대로 먹으면 된다. 겨울 내내 달달한 감홍시를 먹는 호사를 누리고 산다. 그래도 딴 감보다는 감나무에 그대로 매달린 감이 훨씬 더 많다. 감나무가 너무 커서 다 딸 수가 없다. 겨우내 꽁꽁 언 홍시를 바로 따서 먹는 맛은 산사의 최고 별미다. 물론 산새들도 같이 나눠 먹는다.

가을 햇살에
독서를 하자

가을이라 그런지 유난히 하늘은 높고 맑아 청명하다. 파란 하늘엔 솜사탕 같은 뭉게구름이 둥실둥실 떠다니고 쪽마루에 내려앉은 가을 햇살은 어머니의 사랑스러운 손길만큼이나 보드랍고 따스하다. 때맞춰 솔 내음을 머금고 불어오는 가을바람은 자연이 주는 최고의 선물이다.

이렇게 좋은 가을날엔 뭐라도 하고 싶다. 물이나 한 병 들고 산행이라도 갈까, 여름 내내 농부들의 굵은 땀방울을 먹고 자라 황금빛으로 출렁이는 들판으로 포행을 갈까. 생각하다가 며칠 전 서울 다녀오는 길에 들른 터미널 작은 책

방에서 사온 책을 읽기로 했다.

최고로 좋은 날에 최고로 가치 있는 일은 바로 독서다. 책을 얼마나 읽느냐고 물어보면 대부분의 사람들은 시간이 없어 못 본다고 한다. 책 읽기는 남는 시간에 하는 게 아니다. 일부러 시간을 만들어 해야 하는 것이다. 독서는 생활이 되어야 한다.

세상에는 귀로 들리는 소리가 수없이 많다. 지금 우리는 소리의 공해 속에 살고 있다. TV나 라디오, 휴대전화에서 나오는 소리에 온종일 시달리며 살아간다. 그래도 좋은 소리가 있다. 바로 글 읽는 소리다. 글 읽는 소리가 들리는 가정이라면 그 집안은 틀림없이 화목하고 단란한 가정일 것이다. 예부터 선인들은 가을을 등화가친의 계절이라고 독서를 권했다.

미국에서 200년 전 태어나 살았던 저술가 헨리 데이빗 소로가 지은『월든』이라는 책이 있다. 한 세기 반 전에 쓰인 오랜 책이다. 무지한 나는 이렇게 좋은 책을 이제야 봤다는 게 억울하고 괜히 손해를 봤다는 생각이 들었다. 더 큰 아쉬움은 원서를 그대로 봤으면 더 좋았을 거라는 생각이다. 영어 공부를 열심히 하지 못한 것이 절절히 후회된다. 누구라도 읽을 수 있고 읽으면 구구절절 마음에 와닿는 게 이 책의 매력이다. 일상의 생활과 느낌을 글로 옮겨놓은 것뿐인데도 가슴에 진한 울림을 준다. 그만큼 글쓴이의 학식이나 인품, 사물을 대하는 가슴 깊은 곳에서 우러나오는 인간 본연의 연민이 녹아 있기 때문이다.

주위 어른들은 아이들이 동서고금의 위인들처럼 훌륭한 사람이 되길 바란다. 그분들이 이 시대 가까이 있다면 보고 듣고 따라 배우겠지만, 안타깝게도 훌륭한 위인들은 이미 돌아가셨거나 우리가 가까이 할 수 없는 아주 먼 곳에 있다. 그렇지만 우리는 다행스럽게도 책을 통해 그분들의 삶의 자취를 찾아보고 배우고 따를 수 있다.

삶의 질이 좋아지고 행복 지수가 높아지는 건 독서의 질과 양에 달렸다. 삶의 만족도는 도서 구입비와 비례한다. 책을 꼭 사서 보지 않더라도 요즘은 가까운 곳에 도서관이 많이 있다. 세상의 모든 것이 책에 다 들어 있다. 잘살고 부자 되는 법, 공부 잘하는 법, 사람 노릇 잘하는 법, 심지어 싸움에 이기는 법이나 남들을 잘 속이는 법까지도 책

속엔 없는 것 없이 다 있다. 그래서 자신에게 맞는 좋은 책을 찾아 읽어야 한다. 자신이 읽어야 할 좋은 책을 구분해 내는 방법까지도 책 속에 들어 있다. 옛말에 세상 모든 길은 로마로 통한다고 했듯이 행복한 인생으로 가는 길은 책으로 통한다. 책 속에 그 길이 있다.

우리는 책이나 신문을 읽는 사람 보기가 하늘에 별 따기만큼이나 어렵고 귀한 이상한 시대에 살고 있다. 귀한 아들딸들이 잘살기 바라고 행복하게 살기를 바란다면 부모가 먼저 솔선수범하면 된다. 그러면 자연스럽게 아이들도 부모를 따라 책을 읽을 것이다. 부모는 아이들의 거울이다.

무장애 관광도시
강릉

올해 가을 현덕사에서 '무장애 관광도시 강릉'이라는 특별한 템플스테이 프로그램을 진행했다. 올 초부터 강릉시가 본격적으로 추진하기 시작한 '무장애 관광도시' 조성 사업의 일환이었다. 이동에 제한이 있거나 일상 활동에 어려움이 있는 '관광 약자'도 누구나 자유로운 여행을 즐길 수 있도록 하자는 취지로, 강릉시는 정부가 지정한 우리나라 1호 무장애 관광도시다.

장애는 누구에게나 있을 수 있다. 태어날 때부터 선천적 장애를 가지고 나는 사람도 있지만, 살아가면서 후천적으로 장애를 얻게 된 분들도 많다. 후천적으로 얻는 장애 가운데는 교통사고로 인한 장애가 가장 많다고 한다. 질병, 약물중독 그리고 예기치 못한 사건 사고로 장애를 갖게 되는 경우도 있다. 그러니까 누구든지, 어떤 이유로든지 장애인이 될 수 있다는 것이다.

현덕사에서 진행하는 템플 프로그램은 그 시작으로 원주에 사는 시각장애인들과 함께했다. 사실 처음엔 걱정이 앞섰다. '앞을 보지 못하는 시각장애인들이 평소 생활하던 곳이 아닌 낯선 환경에서 얼마나 잘 따라올 수 있을까'라는 마음이었다.

하지만 이것이 나의 기우에 불과했다는 사실을 깨닫는 데는 그리 오랜 시간이 걸리지 않았다. 시각장애인 템플스테이 참가자분들은 비장애인 참가자만큼이나 프로그램을 원활하게 잘 소화했다.

선禪 명상, 108배, 발우공양 등을 함에도 큰 어려움이 없었다. 앞의 물건이 보이지 않아 손으로 더듬어가며 하는 중에도, 자세 하나 흐트러짐 없는 모습에서 숙연함마저 느껴졌다. 염주 만들기를 할 때는 가는 실에 염주 알을 한 알

한 알 꿰어내는 경이로운 솜씨를 보여주었다. 어떤 이는 첫 한 알을 꿰는 게 어려웠는지, 한참 동안 헤매다 마침내 그 첫 알을 꿰는 데 성공하고는 두 팔을 번쩍 들어 만세를 불렀다. 그 모습에선 뭔가를 해냈다는 성취감과 더불어 행복감이 가득 넘쳐났다.

108배를 하는 모습에도 간절함과 진정성이 가득했다. 발우공양도 처음 해볼 텐데 차분히 잘 따라 했다. 여느 템플스테이 참가자들과 마찬가지로 마지막에 발우를 씻은 천수물을 마시면서 질겁을 하기도 했지만, 환경을 생각하며 욕심부리지 않고 먹을 만큼만 덜어 먹는 발우공양의 의미를 체험하는 시간이 되었다.

그리고 그런 그들의 모습에서 나는 오히려 매사에 간절히 기도하는 아름다운 모습을 볼 수 있었다. 어쩌면 육안으로만 보는 우리보다 마음의 눈으로 보는 그들이 훨씬 더 멀리 더 높이 더 넓게 볼 수 있을지도 모른다. 육신의 눈엔 보는 데 한계가 있지만 마음의 눈에는 한계가 없다. 온 우주를 다 담아 볼 수 있다.

이번 행사에 또 하나 깨달은 바가 있었는데, 바로 타인을 위한 봉사에 대한 깊은 깨달음이었다. 이번 무장애 템플스테이 프로그램에서 유독 눈에 띄는 봉사자가 있었다. 정성을 다해 옆에서 도움을 주는 모습에 '어느 집 아들딸이 저렇게 잘하겠나'란 생각이 들 정도였다. 나중에 알고 보니 목사님 부부였다.

이들 부부는 종교 이념의 틀에 스스로를 가두지 않았다. 그들이 몸담고 있는 기독교가 아닌 다른 종교에 대한 관심을 바탕으로 기독교인이지만 『금강경』도 읽고 불교를 공부한다고 했다. 이번 프로그램을 통해 알게 된 이들 목사님 부부를 보면서 나 역시 한국 기독교에 대한 생각을 다시 하게 되었다. '괜히 한국에 기독교 신도 수가 제일 많은 게 아니구나. 저렇게 헌신적인 사랑으로 봉사를 하는 이들이 있었기 때문이구나.' 어둡고 낮은 곳을 찾아 삶에 지친 사람을 위로하고 살펴 도와주는 이들의 덕분이라고 생각한다.

저렇게 하지 못하는 나 자신이 매우 부끄러웠다. 타인을 위한 헌신적인 자비심의 실천이 이타행이다. 이 시대 최고의 가치다. 앞으로는 몸이 불편한 누군가를 만나면 맨발로 쫓아가 맞을 것이다. 이들을 바라보며 나는 누군가를 위해 저렇게 헌신하며 살고 있는지 다시 한번 되돌아보게 되었다. 도움이 필요한 누군가를 만나면 맨발로 쫓아가 살피고 도와야겠다는 다짐을 했다. 무엇보다 나 스스로에게 부끄럽지 않도록 말이다.

한겨울
소금강 얼음 계곡

엄동설한 동짓달이다. 동장군의 서릿발 같은 기세로 강물이 꽁꽁 얼었다. 아주 두껍게 얼었다. 소금강 계곡도 얼었다. 강원도의 호수나 강, 실개천이나 계곡이 모두 다 얼었다. 지구온난화로 인해 겨울이 겨울 값을 못 한다고 다들 염려하고 걱정한다. 그래도 아직은 겨울이 살아 있어 보란 듯 맹추위를 떨치며 기세를 부린다. 겨울이 체면을 지키고 있는 게 참 다행스럽다.

소금강 구룡폭포까지 산행을 자주 한다. 겨울 산행은 조용해서 좋다. 어떤 날은 시작부터 끝까지 한 사람도 안 만나는 날도 있다. 소금강 전체를 나 혼자 보고 느끼고 누린다는 생각에 세상 부러울 게 없다. 간혹 보이고 움직이고 들리는 것은 산새들 울음뿐이다. 더하여 얼음장 밑으로 흐르는 물소리에 솔가지를 스치는 솔바람 소리다.

봄부터 가을까지 산행을 하면서 저 아래 십자소에 꼭 한 번 내려가고 싶다는 생각을 많이 했다. 한여름에 수영을 해서라도 가보고 싶었던 곳이다. 여름에는 사람들이 너무 많아 몇 번이나 시도를 하려다 결국 하지 못했다. 그런데 요 며칠 강추위로 소금강 계곡물이 꽁꽁 얼었다. 어림짐작으로 한 자나 되는 듯했다. 산행 시작부터 계곡으로 내려가 얼음 위를 조심조심 걸어서 구룡폭포까지 갔다. 겨울 가뭄으로 얼음이 물 위에 떠 있는 곳이 몇 군데 있어 위험하기도 했다. 낙엽이 날아와 켜켜이 쌓여 언 곳도 위험했다.

얼마 전 매우 추운 날 아침에 혼자 얼음 위를 걷다가 낙엽이 수북이 쌓인 곳을 밟아 얼음물에 풍덩 빠진 적도 있었다. 등산화에 차가운 얼음물이 한가득 차버렸다. 자칫 잘못하다간 발에 동상이 걸릴 것 같아 그날은 바로 하산했

겨울 산행의 동반자는
산새들 울음과 얼음장 밑 물소리,
가지를 스치는 솔바람 소리뿐이다.

다. 호수나 강 개울이 온통 다 얼어 빈틈이 없는 듯해도 얼지 않은 숨구멍이 있다. 숨구멍에 빠지면 못 나온다는 말도 있다. 얼음이 쩍쩍 갈라지고 깨지는 소리가 숨구멍에서 들리기도 한다.

길 위에서 내려다보면 십자소의 물빛이 푸르다 못해 검푸르게 보인다. 수심이 아주 깊으면 보이는 물빛이다. 십자소 앞까지는 무사히 갔는데 십자소는 난공불락의 요새였다. 깎아지른 절벽에 도저히 한 발 붙일 데가 없고 손가락 하나도 걸 데가 없는 병풍처럼 바위벽으로 둘러 있다. 할 수 없이 되돌아 바위를 타고 길도 없는 비탈을 기다시피 둘러서 십자소를 지났다. 다시 얼음 위를 걸어서 연꽃소를 지나 금강사 앞 큰 개울을 가로질러 철다리를 머리에 이고 지났다. 다리 아래에서 다리와 함께 보는 하늘과 계곡 풍경이 색달랐다. 새로운 것은 언제나 신선하고 아름답게 보인다. 얼음이 얼기 전에는 철다리 위에서 식당암을 바라보며 항상 물고기 밥을 던져주었다. 산행 때마다 소금강에서 사는 물고기에게 빵이나 떡 같은 먹을거리를 던져주면 수백 마리 물고기가 새까맣게 달려들어 순식간에 먹어치웠다. 그랬던 물고기들이 이 겨울을 어떻게 나는지 궁금해 얼음 속을 천천히 자세히 보고 또 봐도 한 마리도 보이지 않았다. 조금은 아쉬운 맘이 들고 서운하기도 했다. 그래도 강바닥에 쌓인 낙엽을 이불 삼아 편히 자고 있을 것이라고 생각하기로 했다.

나만 그런지 몰라도 얼음 위에 서면 차디찬 그 가운데서도 마음만은 가볍고 평온하고 따스해지는 느낌이 든다. 발로 미끄럼도 타면서 어렸을 적 동심으로 돌아가보기도 한다. 겨울이면 동네 개울 얼음 위에서 손발이 시린 줄도 모르고 썰매를 탔던 추억이 있다. 돌멩이로 얼음을 적당한 크기로 깨서 간식처럼 먹기도 했다. 고드름도 많이 따 먹었다. 소금강 계곡에도 군데군데 고드름이 주렁주렁 달려 있다. 옛 생각을 하면서 하나 따서 먹어보니 아무 맛도 없고 그저 차기만 했다.

구룡폭포는 말 그대로 백룡이 승천하듯 구불구불 하늘을 향해 날고 있었다. 폭포수도 두꺼운 얼음 외투를 입고 얼음 속에서 얌전히 흐르고 있었다. 오직 떨어지는 물소리만이 폭포임을 알게 해주었다. 얼음 밑으로 흐르는 물소리는 정신을 맑게 해주는 음악 소리처럼 들린다. 가만히 귀 기울여 듣고 있으면 몸도 맘도 편안해진다. 인간의 손길에 훼손되지 않은 자연은 우리에게 최고의 위안이자 축복이 다. 자연을 자연 그대로 가만히 놔두는 것이야말로 최상의 관리법이다.

건강을
지키는 힘

건강한 몸에 건강한 정신이 깃든다고 한다. 건강한 몸에서 자비와 사랑과 행복도 샘솟듯이 솟아난다. 지난해 여름부터 저녁 공양 후 매일같이 바닷가 모래밭을 걷거나 달렸다. 운동을 하니 배가 들어가고 몸무게가 눈에 띄게 줄었다. 그뿐만 아니라 생활에 활기가 넘치고 매사에 자신감이 생겼다. 그리고 하는 일이 즐겁고 피로함을 잘 느끼지 않는다. 해 질 녘 서쪽 하늘에 붉게 물든 아름다운 노을을 보는 게 즐겁고 마음에 행복이 충만했다.

동지가 지나면 해가 노루 꼬리만큼 길어진다더니, 새

해인 지금은 해가 꽤 길어졌다. 그래서 바닷가 해변 걷기 운동을 재개했다. 동해안은 바닷물이 아주 맑고 깨끗하고 새파랗다. 파도가 치면 파란 바닷물이 하얀 물거품으로 밀려오고 밀려간다. 철썩이며 파도가 오가는 소리는 자장가처럼 평온하다. 파도가 약한 날은 파도가 만든 모래톱을 따라 빠른 걸음으로 걷는다. 자칫 잘못하면 운동화에 바닷물이 들어와 낭패를 보기도 한다. 날씨가 따뜻하고 좋을 때는 맨발로 하기도 한다.

발바닥에 모래의 서걱거림이 온몸으로 느껴진다. 일출도 아름답지만 보름달 전후로 바다에서 고요히 뜨는 달빛이 참 아름답다. 특히 파도에 부서지는 월광은 황홀하리만치 환상적이다. 달빛 아래서 상큼한 바닷바람을 맞으며 걷고 뛰고 할 때는 살아 있음을 온몸으로 느끼고 아름다운 자연에 대한 감사함과 고마운 마음이 절로 든다.

지금은 한겨울인데도 캠핑하는 사람들이 많다. 강릉은 사시사철 1년 내내 캠핑을 할 수 있는 곳이다. 일상에 찌든 사람들이 친구나 가족과 함께 즐겁게 놀고 음식을 해 먹는 모습이 참으로 행복해 보였다. 그런데 이상하게도 캠핑 가족 대부분이 고기를 구워 먹는 것을 보았다. 왜들 하나같이 고기만 구워 먹는지 궁금했다. 토요일 저녁은 온 천지에 고기 굽는 연기와 냄새가 가득하다. 냄새가 너무 심해 조금은 불편할 때도 있다.

우리나라는 참으로 살기 좋은 나라다. 특히 강릉이란 도시는 전국의 어느 도시보다도 살기 좋은 곳이라고 생각한다. 가끔 서울이나 다른 지방 도시에 볼일이 있어 가보면 매연이나 미세먼지로 온통 하늘이 뿌옇게 보인다. 하지만 강릉은 언제나 맑고 푸른 하늘이다. 현덕사를 찾은 많은 사람들이 현덕사의 자연환경을 부러워한다.

어느 날 우연히 TV에서 아프리카 춤을 추는 장면을 봤다. 가만히 보니 운동량이 아주 많은 게 내겐 춤이 아니고 그냥 운동으로 보였다. 그래서 비나 눈 오는 날에서 방에서 따라 하고 있다. 동영상을 찾아 보면서 따라 하니 포행이나 바닷가 모래밭에서 운동하는 것 이상으로 좋았다. 온몸을 사용해서 춤추기 때문에 힘이 많이 들고 땀도 충분히 났다. 자기 몸을 위해 하는 운동은 선택이 아니고 필수다. 하루 세끼 꼬박꼬박 밥을 먹듯 운동도 꾸준히 계획적으로 해야 한다.

사람이 살아가면서 중요한 게 많지만 건강이 제일이다. 사람들이 바라는 가장 큰 소망은 행복하게 사는 것이다. 행복해지는 길이야 많겠지만 그중 제일이 정신과 몸의 건강이다. 건강한 정신도 건강한 몸에서 나온다. 건강한 몸은 올바른 식생활과 꾸준히 땀을 흘리면서 하는 운동으로 키울 수 있다.

권력이 있고 돈이 많고 명예가 아무리 높아도 건강이 받쳐주지 않으면 아무런 소용이 없다. 그러니 꼭 운동을 해야 한다. 야외나 운동장이나 체육관이 아니더라도 운동은 얼마든지 할 수가 있다. 마음만 먹으면 어디서든 할 수 있다.

어느 날 문득 생각하니 난 참 바보같이 살았다는 생각이 들었다. 웃고 싶을 때 소리 내어 크게 웃어본 적도 없고, 울고 싶을 때 목놓아 크게 울어 본 적도 없었다. 지금까지 수없이 많은 사진을 찍었는데 단 한 장도 웃는 사진이 없었다. 한결같이 무뚝뚝한 표정이었다. 사진을 찍을 때 사람들이 한번 웃어보라고 웃기기도 하는데, 내 사진 속 표정은 그대로 무표정이다.

부모님 두 분이 돌아가셨을 때도 그랬다. 부모나 가까운 사람이 죽으면 울고불고 통곡을 하는데 난 밖으로 눈물 한 방울 흘리지 않았다. 출가한 승려라 그저 울음을 속으로 삼키고 가슴으로만 울었다. 아무리 흥겨운 음악이 있어도 어깨춤 한번 춘 적이 없었다. 그냥 보고만 있었다. 노래도 듣기만 했지 전혀 부를 줄 몰랐다.

지금까지 그렇게 살아왔지만 이제부터는 웃을 일이 있으면 크게 웃을 거고 억지로라도 웃을 일을 만들어 웃을 거다. 부처님 말씀 중에 웃는 얼굴이 참다운 공양구라는 말도 있다. 웃는 얼굴에 복이 들어온다. 울고 싶을 땐 소리 내어 울 작정이다. 이것은 아무래도 좀 어렵긴 할 것 같다. 그리고 노래 부를 자리가 있으면 노래도 하고 춤도 음악에 따라 분위기에 맞춰 온몸으로 출 것이다. 그래서 몸도 마음도 건강을 유지할 것이다. 건강한 몸과 마음으로 현덕사를 찾아오는 모든 분들에게 기쁨과 즐거움을 줄 것이다.

story _____ 04

당신이 ___ 부처님입니다

지금 살아 있는 사람들은
먼저 살다 가신 분들의 은혜를 잊지 않고
항상 고마운 마음을 간직해야 한다.
살아가면서 스치는 수많은 사람들
한 분, 한 분이 소중하고 귀하다.

노보살님의
복주머니

새해를 맞아 강릉 현덕사를 찾은 신도분들께 예쁜 복주머니에 세뱃돈을 넣어 나누어 주었다. 구순이 된 노보살님이 만들어주신 복주머니다. 한 코 한 코, 친환경 아크릴실로 정성껏 짠 복주머니 모양의 수세미다. 이 복주머니를 받은 이들은 이구동성으로 말했다. 예쁘고 귀여워 차마 수세미로 쓰지 못하겠다고. 잘 보이는 곳에 걸어두고, 복을 짓고, 또 받고 싶다고. 그렇다. 복은 그냥 주어지는 게 아니다. 스스로 닦고, 만들고, 지어야 하는 것이다.

복주머니를 짜주신 보살님은 생활보호대상자다. 20여

년 전 허리를 다쳐 하반신을 못 쓰고 휠체어 생활을 하신다. 그런데도 매년 현덕사 행사 때마다 친환경 수세미와 복주머니를 수백 개씩 만들어주신다. 한번은 보살님께 실값이라도 보태라고 돈을 드렸는데, 끝내 안 받으셨다. 비록 어려운 살림이지만 보살님 본인의 물질로 보시하겠다는 의지가 강해서 드린 돈을 돌려받아야 했다.

이 보살님은 참으로 스스로 행복을 만들어가는 분이다. 예전에는 초파일 연등을 만들 때 색종이로 꽃잎을 한 잎 한 잎 붙여 부처님 전에 달아 올렸다. 이 보살님이 연등을 만들 때 손이 안 보일 정도로 빨랐다. 그 모습을 보는 것만으로도 마음속에 감동이 일어날 정도였다. 그 솜씨로 이젠 수세미를 짠다. 연잎을 비비고 한 잎 한 잎 붙여 부처님 전에 올릴 연등을 만들 듯, 물리적으로는 작은 복주머니에 불과하지만 마음으로는 온 세상의 복과 행복을 다 담을 복주머니가 되길 기도하면서. 아들 동희가 복주머니를 갖다주며 하는 말이, 어머니가 다음 초파일 때 선물할 수세미를 벌써 뜨고 있다고 한다.

그 마음이 얼마나 아름다운가. 복주머니보다 더 아름

다운 것이 순수하고 고운 그 마음씨 아닐까. 설을 앞두고 안부차 방문한 노보살님 댁은 온기 하나 없는, 그야말로 냉골이었다. 기름 아낀다고 방을 냉방으로 해놓고 산다. 그렇게 아끼고 모아 보시금을 보내주곤 한다. 보시는 물질이 있다고 하는 게 아니다. 없다고 못 하는 것도 아니다. 그 사실을 이 노보살님이 몸소 보이고 있다. 무주상 보시를 실천하는 노보살님의 보살행에 진심으로 허리 굽혀 감사의 합장례를 올린다.

소확행

"작아서 좋은 절, 소박해서 좋은 절, 누구나 지친 몸과 마음을 쉬어갈 수 있는 외갓집같이 편안한 사찰을 만들 것." 현덕사 창건 모연문에 쓰인 글이다.

작고 적게 소박한 살림살이로 살기를 바라는 사람이 늘어났다. 소소하지만 확실한 행복, 일상에서 맛보는 작은 즐거움을 추구한다. 일명 '소확행' 삶이다. 우리 사회가 긍정적이고 건강하다는 것을 보여주는 현상이다.

우리는 지금까지 '최고'나 '최대' 등 제일주의 외형을 추구하며 살아왔다. 학교든 기업이든 일등만 기억하고 박수

쳤다. 과정보다 결과를 중시했다. 그러나 일등은 한 명밖에 없다. 한 명을 뺀 나머지는 상처받는다. 그런 불합리하고 상처 입는 일을 아무런 문제 제기 없이 받아들이고 동참했다. 이에 대해 엄청난 잘못임을 자각하며 나온 말이 바로 '소확행'이다.

나도 소확행을 한다. 현덕사 법당 축대 밑에 꽃밭 겸 채소밭이 있다. 이른 봄에 심고 뿌린 갖가지 채소가 자란다. 시시각각 커가는 채소를 보는 게 즐거움이고, 맑은 물에 씻어 맛있게 먹는 것이 큰 행복이다. 하루에 한 번, 혼자서 아니면 템플스테이 참가한 일행과 함께 포행을 한다. 여럿이라서 좋고 혼자여도 좋다. 새들 지저귀는 소리, 살랑대며 불어오는 산바람, 덩달아 흔들리는 나뭇잎 소리, 큰 나무가 삐걱거리는 소리, 풀벌레 울음소리까지 모든 소리와 움직임이 초목과 어우러져 나를 감싼다. 자연과 하나 되는 나는 더없이 행복하다.

길가에 지천으로 피어나는 꽃향기에 취하고 아름다운 그 모습을 휴대전화 카메라에 담아보는 것도, 사진을 받아본 사람이 기뻐하는 것도 행복이다. 신나는 음악을 들으며 운동하는 것도 나의 소확행이다. 돈도 안 들고 땀이 날 정도로 운동도 되면서 신나는 음악으로 귀가 즐겁다. 노랫말은 더없이 아름다워 몸도 마음도 새로 태어나는 기분이다.

새벽녘에 일어나 신문을 보는 것도 즐거움이다. 뉴스보다 문화 예술 소식, 오피니언 코너를 즐겨본다. 세상 돌아가는 일보다 사람 사는 모습 하나하나에 관심을 기울인다. 사람들 생각이나 삶을 들여다보며 내 마음을 닦는다. 이 또한 작지만 확실한 행복이다.

억지로라도
쉬어가라

'억지로라도 쉬어가소.'

작은 족자가 나의 찻방에 걸려 있다. 이 글을 본 많은 사람들이 하나같이 가슴에 큰 울림이 일어남을 느꼈다고 한다. 그리고 위안이 되었다고 한다. 찻방에는 이 글 말고도 여러 점의 액자와 족자가 있다. 차이라면 대부분 한문으로 쓴 것이다. 한글로 된 것은 억지로라도 쉬어가라는 것 하나뿐이다. 사람들이 어려운 한문보다는 쉬운 한글로 쓰인 이 글에 마음이 가는 것을 보았다. 결국 사람의 마음을 움직이는 것은 작고 쉽고 사소한 것에 있다는 사실을 알

이 소박한 족자 속 글귀가
많은 이들의 가슴에 큰 울림을 남겼다

았다. 그런데 사람들은 어렵고 난해한 말이나 글만이 좋은 것이라 여긴다. 그렇게 해야만 유식해 보이고 우러러볼 것이란 착각 속에 살고 있다.

내가 아니면 안 된다는 생각과 조급증이 죽기 살기로 일만 하는 이상한 나라를 만들었다. 다행스럽게도 지금은 정부가 일하는 시간을 강제로 줄이고 일주일에 이틀을 쉬는 곳들이 많아졌다.

그래도 여전히 일만 하는 사람들이 많은 게 우리 현실이다. 오직 일등만 우대하고 최고만 대접받는 잘못된 사회 분위기 때문이다. 내가 아니면 안 된다는 생각이 자기와 가정과 사회를 병들게 만들고 결국에는 파멸시키는 것이다.

뉴스를 보면 좋은 뉴스보단 나쁜 뉴스가 많다. 그런 게 다 쉬지 않고 앞만 보고 살아온 결과다. 자기 삶을 되짚어 보는 여유를 가지고 숨을 고르는 시간이 반드시 필요하다. 어른, 아이 할 것 없이 모두가 잠깐이라도 쉬고 놀면 다른 사람들보다 뒤쳐질 것이 두려워 밤낮을 잊고 공부만 하고 일만 하는 것이다. 그래서 공부벌레나 일벌레 같은 소리를 듣고 사는 인생이 된다.

이 세상에 태어난 것은 큰 축복이고 행운이다. 엄청나게 귀한 것이다. 사람으로 태어나는 것이야말로 말로 표현할 수 없는 대단한 사건이다. 이런 귀한 인생을 오직 공부만 해 좋은 곳에 취직해서 월급을 많이 받아 돈만 벌다 죽기는 아깝다. 남의 말이나 눈높이에 맞춰 살게 아니라 내 마음 가는 대로 내가 하고 싶은 대로 살아야 후회 없는 삶이 될 것이다.

한창 놀고 운동도 하고 친구를 사귀며 우정도 쌓아야 할 청소년기에 친구를 경쟁 대상으로만 생각하는 이기적인 사람으로 만들고 있다. 오직 자기밖에 모르는 이 사회에 적응하지 못하는 외톨이로 만든다. 무슨 일을 하든 쉬엄쉬엄 천천히 쉬어가며 하는 게 오래도록 하고 높은 데까지 오를 수 있는 방법이다. 우리는 모든 게 빠르다. 등산을 해도 빨리 오르고 뛰다시피 내려와서 어제보다 시간이 단축되었을 때 만족하고 좋아들 한다. 건강을 위한 운동이 오히려 건강을 해치는 운동이 되는 셈이다.

등산을 할 때는 한 발 한 발 천천히 걸으면서 발밑의 꽃이나 풀을 보며 걷는 게 좋다. 고개를 들어 키 큰 나무들을 보는 재미도 참 좋다. 나무마다 각각의 특징이 있고 살아온 역사가 있다.

산의 경치나 풍경도 어디서 어떻게 보는지, 어떤 상황에서 보는지에 따라 달리 보인다. 나무 한 그루 풀 한 포기도 애정을 갖고 사랑스러운 눈으로 보면 그들만의 아름다움을 볼 수 있다. 그런데 우리는 빨리해야만 하는 조급함 때문에 정작 사물의 본질은 보지 못하고 껍데기만 보고 마는 것이다. 책이나 신문을 볼 때도 빠르게 읽어야만 잘하는 것으로 여겨 별별 속독법이 다 있다. 물론 눈으로 슬쩍 보는 것만으로 다 느끼고 알 수도 있겠지만 그래도 천천히 음미하며 읽는 게 좋을 것이다. 독서의 목적이 지식 습득과 마음의 양식을 쌓는 데 있다면 눈으로만 읽을 게 아니고 가슴으로 읽어야 한다.

어떤 사물을 볼 때 천천히 자세히 보면 예쁘지 않은 게 없다. 천천히 자세히 오래오래 보면 다 예쁘다. 마시고 먹는 것도 마찬가지다. 차나 음료를 마실 때도 조금씩 천천히 음미하면 본질의 맛을 느낄 수 있다. 뭐든 벌컥벌컥 마시면 아무런 맛도 모르고 오직 배만 채우고 말 것이다. 식사도 천천히 꼭꼭 씹어야 음식 본래의 맛을 느끼고 영양분도 충분히 섭취한다. 그래야만 차나 음식에 대한 고마운 마음과 공경심이 생긴다.

세상 사람들이 다 없어져도 아침 해는 뜨고 지고 저녁에는 둥근달이 뜬다. 그리고 밤하늘에는 별들이 초롱초롱 빛난다. 내가 없어도 이렇게 세상은 잘도 돌아가는 것이다. 그러니 억지로라도 쉬어가자.

당신이
부처입니다

　부처님오신날, 우리 현덕사에는 온종일 전국에서 온 부처님들로 북적거렸다. 축제 분위기가 나도록 현수막도 하나 걸어놓았다. 현수막 글귀는 '어버이 마음 부처님 마음'이다.

　많은 사람들이 부처님을 찾아 사찰을 방문한다. 하지만 날마다 만나는 부모와 형제자매, 이웃이 다 부처님이다. 절을 찾는 본인 스스로가 부처님이다. 모든 생명체에는 불성이 깃들어 있다. 계절 따라 오가고 둥지를 틀어 새끼를 치는 저 산새들도 부처님이다. 우리 공양간 처마 밑에 놓인 탁자 서랍 속에 박새가 새끼를 키우고 있다. 때에 맞춰 알을 낳고 온갖 정성과 사랑으로 삼칠일을 품어 자식을 세상에 내어놓았다. 그리고 홀로 창공을 훨훨 날아 현덕사 하늘의 주인공이 될 때까지 품고 먹이를 주어 키운다. 그 모습이 한없이 위대하고 경이롭다. 그들이 부처가 아니면 누가 부처란 말인가!

올해 부처님오신날은 어버이날과 같은 날이었다. 현덕사 신도 효진이가 서울의 새벽 꽃시장에 가서 예쁜 카네이션을 수백 송이나 사 왔다. 그리고 정성을 다해 작은 꽃다발을 다듬어 포장했다. 그 모습에서도 부처님을 보았다. 어버이날이라 연세 지긋한 부모님을 모시고 온 가족들이 많았다. 효진이가 꽃바구니를 한가득 담아 한 분 한 분 드리고 있는데, 환갑으로 보이는 거사님이 꽃을 기쁘게 받아 들고 조심스레 부탁했다. 저 그늘 아래 아흔이 넘은 모친이 쉬고 계시는데, 아가씨가 카네이션을 드리면 자기 어머니가 참 행복하실 거라고 부탁했다. 그 나이 든 아들 마음이 곧 부처님 마음이다.

현덕사에서 행사를 할 때마다 환경 수세미를 한 올 한

올 떠서 수백 개씩 선물하시는 보살님이 계신다. 연세가 구순이 다 되신 분이다. 게다가 그 보살님은 하반신이 불편해 휠체어를 타고 생활하신다. 그 어머니를 모시고 온 아들도 복지카드를 가지고 있는 장애인이다. 글을 읽고 쓸 줄도 모른다. 당연히 숫자도 세지 못한다. 그렇지만 자기 어머니를 모시는 데는 세상에 둘도 없는 효자다. 추우면 추울까 봐 더우면 더울까 봐, 조금이라도 불편함이 없게 하려고 애쓰는 진지한 모습에, 부처님의 모습이 겹쳐 보인다.

10여 년 전 20대 초반에 템플스테이 왔던 아가씨가 결혼하고 남편과 함께 아이를 안고 초파일이라고 찾아왔다. 갓난아기를 안고 사랑스러운 눈빛으로 어르는 그 모습은 영락없는 자비의 화신인 관세음보살님이다.

경기도 군포시 공무원 몇 분이 강릉의 문화 예술계를 돌아보는 방문 일정 중에 현덕사의 사발 커피를 체험하기 위해 방문했다. 사발 커피를 마시며 이런저런 얘기를 나누었다. 그러는 중에 나이 들어 보이는 선배가 같은 사무실 후배를 진정성 있게 염려하고 위로하며 격려해주는 것을 보았다. 따뜻한 그 말에 울컥한 후배의 눈가에 이슬 같은 눈물이 맺혔다. 비록 종교는 달랐지만 사랑을 실천하고 자비를 베푸는 그 모습에서 참 부처님을 보았다.

부처와 악마의 차이는 아주 간단하다. 착한 일을 즐기고 타인을 이롭게 하는 게 곧 부처의 본분이다. 나쁜 일을 즐기고 타인에게 불편함을 주고 말이나 행동으로 피해를 주는 게 곧 악마의 본분이다. 이렇게 부처 되기도 쉽고 악마 되기도 쉬운 것이다.

이곳 현덕사에는 스무 살이 다 된 흰둥이와 예닐곱 살이 된 현덕이가 당당한 현덕사의 주인으로 나와 함께 살고 있다. 사찰을 찾아준 손님들에게 온갖 재롱을 부려가며 함께 놀고 반겨주는 따뜻한 흰둥이와 현덕이의 눈길은 부처님의 자비로운 바로 그 눈빛이다. 현덕사를 찾아오는 모든 생명들이 다 부처님이다. 이 글을 읽고 마음에 작은 울림이라도 일어났다면 당신도 분명 부처님이다.

고향길
미루나무

　햇살이 유난히 따가운 날이면 떠오르는 어린 시절 기억 한 조각이 있다. 내리쬐는 햇살을 피해 그늘 아래로 가고 싶은 날이면 전기가 없어 선풍기조차 쓸 수 없던 그 시절 추억이 큰 강가에 늘어선 미루나무처럼 떠오른다.

　어린 시절 소풍은 몇 안 되는 큰 행사였다. 소풍 가기 전날 밤이면 캄캄한 밤하늘을 목이 빠지게 올려다보며 다음 날 비가 내리면 어쩌나 전전긍긍했다. 구름 한 조각에 별이 가려지기만 해도 잠을 이루지 못했다. 밤하늘을 살피다 늦게 잠들어도 소풍날 아침이면 어쩜 그리도 일찍 잠이 깨던지! 아침에 눈을 뜨자마자 마당을 내다보며 비가 오는지 안 오는지부터 확인하던 그 어린 마음이 아련하게 떠오른다.

먹을 것이 귀했던 그 시절, 가방이랄 것도 없이 어머니께서 보자기에 싸 주었던 소풍 보따리에는 노란색 양은 도시락, 뜨끈해진 사이다, 삶은 달걀이 전부였다. 보자기를 허리춤에 메고 신나게 뛰어가던 그 시절이 새삼스럽다.

버스도 없는 시골길을 걷고 걸어 한참을 가도 학교까지는 아직 멀다. 동틀 때 먹었던 아침은 학교에 도착하기도 전에 진작 소화가 다 되었다. 점심으로 먹으라고 싸 주었던 도시락은 점심시간이 되기도 전에 마파람에 게눈 감추듯 사라져버렸다. 나 혼자만 도시락을 먹은 게 아니었다. 누구 하나가 도시락 뚜껑을 열면 반 친구들이 벌떼처럼 모여들어 너나없이 한 숟가락씩 입에 넣고는 꿀떡꿀떡 참 맛나게도 먹었다. 반찬도 별것 없었다. 고추장이나 김치가 전부일 때도 있었다. 가끔 멸치 몇 마리에 콩자반이 들어 있었다. 어쩌다 달걀 프라이 하나가 도시락 위에 덮여 있을 때면 나는 세상에서 가장 행복한 소년이 되었다.

별것 없이도 참 행복했던 시절이다.

학교 끝나고 집으로 가는 길이면 으레 그 미루나무 길을 걸으며 친구들과 가방 들어주기 놀이를 했다. 왕매미가 목이 터져라 울어대던 여름이면 더위에 지쳐 힘든 우리에게 그늘이 되어주던 미루나무! 비 온 다음 날 햇빛에 반짝거리는 잎사귀를 바라보며 희망을 노래하기도 하고, 봄이면 연두색 새순이 올라오는 가지를 꺾어 풀피리 만들어 불기도 하고…. 오일장을 오가며 풀풀 먼지 나는 신작로에서 아픈 다리를 쉬었다 갈 수 있는 미루나무 그늘은 길손들의 쉼터였다.

지금 그 미루나무 신작로 길은 온데간데없이 사라졌다. 아스팔트 포장길에는 차들이 쌩쌩 내달린다. 미루나무도 거의 다 사라지고 한두 그루만이 귀퉁이에 덩그러니 서 있을 뿐이다. 내게 미루나무는 단순한 나무 이상의 추억이자 가치다. 해야 할 일들이 너무 많은 이 세상에서 바쁘게 사느라 그만 잊고 살았던 미루나무. 애잔하게 남은 몇 그루 고향길 미루나무를 바라보며 생각에 잠긴다.

열심히 살면 행복하리라 생각했는데, 지금 열심히 살

아가는 우리는 얼마나 행복한 걸까? 먹고살기 힘들던 그 시절보다 더 많이 행복한 건가? 수없는 생각의 편린들이 오간다.

"미루나무 꼭대기에 조각구름 걸려 있네~" 어린 시절 부르던 동요도 들어본 지 참 오래다. 요즘 어린 학생들은 동요보다는 최신 가요에 관심이 더 많다고 한다. 아이들을 보면 자기가 좋아하는 아이돌 이야기로 서로 바쁘다. 서로의 눈을 바라보며 대화하는 대신 컴퓨터 앞에서, 스마트폰 앞에서 화면을 바라보며 이야기를 나눈다. 만나도 만난 것이 아니다.

어른들도 마찬가지다. 점점 삭막해진다. 마음에 바람이 인다. 모두가 고독한 섬이다. 사물의 효용 가치를 따지는 이해타산적인 인생이 아니라 서로를 보듬어주는 미루나무의 말 없는 위로가 필요한 시기다. 우리 곁에서 자취를 감추어가는 미루나무 그늘이 오늘따라 더욱 그립다.

밥
먹었어요?

내가 어렸을 때 동네 어른들을 언제 어디서든 만나면 이렇게 인사를 했다. "아침 드셨습니까?" "점심 잡수셨습니까?" 그때는 먹을 게 항상 부족하고 귀했다. 그래서 끼니를 거르는 사람들이 많았다. 하지만 지금은 먹을 게 넘쳐나고 오히려 버려지는 음식이 더 많은 세상이다. 그런데도 "밥 먹었어요? 안 먹었으면 와서 아침 같이 먹어요"라는 말에 지금까지 십수 년을 경기도에서 현덕사까지 오는 부부 불자가 있다.

그 부부는 사찰 입구에 걸린 법회 안내 현수막에 적혀

있는 번호로 아침 일찍 전화를 했다. 사찰에 아침 일찍 가도 되냐는 전화였다. 그때 아침은 먹었냐는 그 말이 너무나 따뜻하게 와닿았단다. 스님이라면 뭐 특별히 다를 줄 알았는데, 보통의 사람들과 똑같음을 알고 편한 마음으로 난생처음 절이라는 곳을 왔다고 한다. 그리고 처음으로 만난 스님이 나란다.

두 부부가 모두 우체국을 다녀서 '우체국 거사, 보살'이라고 부른다. 틈틈이 시골 농장에서 농사지은 황매실, 고사리, 취나물 등 온갖 나물을 보내온다. 내가 제일로 좋아하는 과일이 감인 걸 알고 해마다 가을이면 무농약으로 키운 대봉감을 보내주기도 한다. 우체국 거사는 절에 오면 쓰다가 망가진 문짝이나 기계, 전기 시설을 다 고쳐놓곤 한다. 절 마당이나 구석구석에 잡초나 지저분한 것이 있으면 다 뽑고 청소를 깔끔하게 해놓고 간다. 우체국 부부가 다녀가면 현덕사 도량이 말끔해진다.

가만히 생각해보니 사찰에 온 방문객들에게 "밥이나 먹고 가세요, 공양하러 오세요"라는 인사 덕분에 현덕사 가족이 된 사람들이 제법 있다. 어딜 가든지 돈만 주면 먹을 게 넘쳐나는 세상이지만 그래도 누군가와 겸상으로 같이 먹는 밥이 맛있고 몸에도 좋다. 나는 시골 출신이라 그런지 사람들에게 꼭 공양 때가 되면 공양하란 얘기를 자주 한다. 그래서 때로는 공양주 보살의 눈치가 보이기도 한다. 누구에게라도 밥때가 됐을 때 밥 먹으란 소리야말로 제일 듣기 좋고 반가운 소리다. 어렸을 때 어머니한테 끼니때마다 들었던 말이다. 하기야 요즘에는 각자 밥 먹는 시간이 달라 예전처럼 온 가족이 한자리에 빙 둘러앉아 밥 먹는 풍경은 진작에 없어졌다. '혼밥'이라는 말도 유행이다.

그래도 밥은 집밥이 좋다. 아무리 맛있는 맛집이라도 먹을 땐 입맛에 맞는 것 같지만 식당을 나온 후에는 맛의 여운이 그리 오래 남지 않는다. 그런데 절에서 먹는 반찬은 특별한 조미료나 재료를 쓰지 않는데도 맛이 좋다. 그래서인지 현덕사에서 공양했던 사람들은 하나같이 최고의 맛이라고 엄지를 척 올린다. 그래서 누구에게나 항상 잘하는 인사가 생겼다.

"상추쌈에 점심 공양이나 한번 잡수로 절로 오이소."

행복이란 실체가 없고 형상만 있는
무지개 같은 게 아닐까?

행복이란
오색 무지개

오늘도 이렇게 하루를 살아간다. 누구에게나 삶의 궁극적인 목적이 뭐냐고 물어보면 한결같이 대답은 행복이다. 그럼 과연 무엇이 행복일까?

행복의 조건은 각자가 처해 있는 상황에 따라 수만 가지가 될 것이다. 망망대해 동해는 메우고 또 메우면 다 메울 수 있다지만 어디에 숨어 있는지 보이지도 않는 사람의 욕심은 메워도 메워도 메울 수 없다고 한다. 이것이 있으면 행복할까, 저것이 있으면 행복이 채워지겠지 싶어도, 아니다. 절대 아니다.

형상으로 행복을 찾는 것은 허공에 나타난 무지개를 잡으려고 하는 어리석은 행동이다. 무지개는 실체가 없다. 형상만 있을 뿐이다. 불변하는 것이 절대 아니다. 햇빛의 굴절로 잠시 나타나는 허상이다. 행복이란 것도 이 무지개와 같다. 진정한 행복은 질과 양에 있는 게 아니고 우리 맘속에 있다. 만족을 아는 그 마음이 참 행복인 것이다.

난 청년 시절 행복을 찾아 무수히 많은 날들을 온 세상 번뇌를 다 짊어지고 살았다. 그 해답을 찾으려 부처님이 계신 산사로 찾아들어 지금까지 살고 있다. 부처님 말씀은 팔만대장경으로 수없이 많다. 하지만 수없이 많은 부처님 말씀도 결국은 사람들이 행복하게 살아가는 방법을 설해 놓으신 것이다. 수많은 말씀 가운데 '사섭법四攝法'이라는 게 있다. 누군가에게 이야기할 일이 있으면 제일 즐겨 하는 게 네 가지 섭수하는 법이다.

첫째가 보시섭布施攝이다. 널리 베푼다는 뜻이다. 봄에 씨앗을 뿌려야 가을에 거둘 수 있다. 뿌린 만큼 돌려받는다. 그런데 부자로 살고 싶은 욕망만 가득하지 정작 잘 살 수 있는 지극히 당연한 진리인 베풂을 행하지 못한다. 이

것은 모래로 밥을 짓듯 어리석고 허망한 욕심일 뿐이다. 육신의 병도 큰 병이지만 인색한 게 더 큰 병이다. 베푸는 것도 아무 조건 없이 무주상 보시가 되어야 진정한 행복으로 충만할 것이다. 조건을 가지고 베푸는 것은 진정한 보시가 아니고 오직 거래일 뿐이다. 농부들이 자기 논에 물을 대기 위해 물길을 파서 물이 들어오게 하듯이, 자신에게도 큰 복이 터지길 바란다면 그 복도 내가 지어야만 하는 것이다.

두 번째는 애어섭愛語攝이다. 항상 사랑스럽고 좋은 말을 하는 것이다. 가는 말이 고와야 오는 말도 곱다고 한다. 내 입에서 나온 말은 내가 제일 먼저 듣는다. 내 귀가 제일 가까이 있기 때문이다. 좋은 말도 나쁜 말도 내 가슴속에서 만들어내어 내 입으로 나온다. 내 입에서 나오는 말은 희망을 주고 용기를 북돋는 덕담이나 잘되라고 축원하는 말이어야 된다. 좋은 말은 기어서 가고 나쁜 말은 펄펄 날아서 간다는 말이 있다. 좋은 말을 하면 아름다운 말로 칭송하는 소리를 수십 배로 돌려받는다. 험담이나 비난하는 나쁜 말을 해서 수백 수천 배나 안 좋은 소리를 듣는 짓은 바보 같은 행동이다.

세 번째는 이행섭利行攝이다. 항상 누군가에게 이익을 주는 삶을 살아야 한다. 세상을 살아가면서 타인에게 피해나 손해를 끼치는 행동이 아닌 도움을 주는 이타행의 삶을 살아야 만인에게 사랑과 존경을 받는 아름다운 인생이 된다.

네 번째는 동사섭同事攝이다. 다 함께 좋은 일을 도모해서 다 같이 행복하게 잘 사는 것이다. 이 세상은 혼자 살아갈 수 없다. 더불어 살아가는 곳이다.

옛말에 세 살 먹은 어린아이도 알기는 하지만 팔십 먹은 노인도 행하기는 어렵다고 하였다. 선하고 좋은 일은 그만큼 하기가 힘들다. 불교에서는 우연이나 운명을 말하지도 않고 따르지도 않는다. 세간에서 얘기하는 사주팔자를 믿지도 않을뿐더러 사주팔자를 바꿀 수 있는 게 부처님 법이다. 그래서 부처님 법은 가장 현실적인 가르침이다. 어떻게 사느냐에 따라서 내 인생도 달라진다. 자기가 지은 업은 한 치의 오차 없이 그대로 본인이 받게 된다.

선인선과 악인악과善因善果 惡因惡果라 했다. 인과응보의 과보는 누구도 대신할 수 없고 누구도 피해갈 수 없는 만고불변의 진리다.

세상에
돈 싫어하는 사람 없다

세상에 돈 싫어하는 사람 없다는 말이 있다. 특히 요즘 사람들이라면 누구나 돈을 좋아한다. 그것은 어쩌면 돈이 많은 것을 가능하게 해주기 때문일 것이다. 돈이 있으면 필요한 것을 살 수 있고, 가고 싶은 곳에 갈 수 있으며, 하고 싶은 일을 마음대로 할 수 있다.

물론 돈이 우리에게 절대적인 행복을 주지는 않는다. 돈의 속성은 행운과 불행을 함께 가져온다. 그런데도 세상의 많은 사람들이 돈에 목숨을 걸고, 더 많은 돈을 갖고 싶어 한다. 심지어 돈의 노예가 되어 죽기 살기로 벌려고 한다. 이런 사람들에게 돈은 절대적이다. 마치 물과 공기처럼 말이다.

절에 몸을 담고 있지만, 나 역시도 돈을 참 좋아한다. 다만 나는 출가 이후 한 번도 일을 해서 돈을 벌어본 적이 없다. 전부 누군가가 시주를 한 돈으로 이렇게 살고 있다. 그러니까 내가 먹고살 수 있는 것은 모두 나에게 시주한 분들이 열심히 일해서 번 돈 덕분이다. 그분들이 힘들게 일해 번 돈을 아끼고 아껴서 제반 불사에 쓰라고 보시한 것이다. 부처님을 위해 좋은 곳에 잘 쓰라고 말이다.

그러니 내가 쓰는 천 원짜리 한 장 한 장이 천금 만금 같다. 이렇게 귀한 돈을 나를 위해 쓰기보다는 부처님을 위하고 불사를 하는 데 사용하고, 또 그 누군가를 위해 쓰려고 한다. 나에겐 인색하고 타인에게는 넉넉하게 쓰려고 한다. 내가 직접 땀 흘려 번 돈이 아니고 불자들의 정성 어린 시주이기 때문이다.

돈의 유용한 쓰임과 진정한 가치에 대해 고민하다 보니 깨달은 바가 있다. 돈의 진정한 가치는 뭔가를 위해 돈을 쓸 때 생긴다는 점이다. 사람들은 무엇이든 돈의 가치가 있는 것은 손에 넣으려 한다. 땅도 사고, 집도 사고, 닥치는 대로 사서 모으기만 한다. 그러다 정작 가치 있는 일에는 한 푼도 못 쓰고 명을 다한다. 욕심 많은 부엉이처럼 모으기만 하지 쓸 줄을 모르는 어리석은 인생이 되는 것이다. 진정한 돈의 가치는 돈의 쓰임새에 있다.

부처님 말씀 중에도 '보시(布施)'라는 단어가 참 많이 나온다. 진정한 보시란 깨끗한 재화를 아무런 조건 없이 주는 것이다. 부처님 말씀에, 주었다는 생각도 없이 주라고 하셨다. 다음에 돌려받을 것을 계산하고 준 것은 옳은 보시의 사상이 아니다. 그것은 거래일 뿐이다.

거래에는 항상 좋은 것과 나쁜 것이 같이 간다. 돈을 거래할 때 이득과 손해가 있는 것처럼 말이다. 하지만 진정한 보시엔 항상 좋고 선한 일로만 가득하다. 상대방에게 바라는 것이 없으니 서운할 것도 없고, 이를 취할 것도 없으니 손해를 보는 일도 없다.

점점 더 많은 사람들이 현금보다 카드를 쓰고 있다. 이제는 카드라는 실물도 사라지고 스마트폰을 이용한 모바일화폐가 늘고 있다. 그러다 보니 갑자기 실물 현금이 필요할 때 돈이 없어 쓰지 못하는 사람들이 있다. 특히 어른이 아이에게, 혹은 연세 많으신 어르신께 슬쩍 용돈을 드리고 싶을 때가 그렇다. 큰 액수도 아니고, 그 돈이 없는 것도 아니지만 현금이 없어 쩔쩔매는 경우가 부지기수다. 나도 이런 경험이 몇 번 있었다. 그래서 요즘 내 주머니에는 항상 현금이 들어 있다. 작은 금액이지만 누구에게든 주고 싶을 때 언제든지 주기 위해서다.

대부분의 사람들이 돈 많은 부자가 되길 바란다. 부자는 자기 돈이 많은 사람이다. 그런데 진정한 자기 돈은 내가 쓴 것만이 자기 돈이다. 아무리 금고에 현금이 쌓여 있다 해도, 그 돈으로 산 집, 그 돈으로 산 음식, 그 돈으로 베푼 선행만이 자신의 이름으로 남는다. 물론 돈을 아껴서 저축도 해야겠지만, 그만큼 돈을 잘 쓰는 법도 중요하다.

돈을 벌기는 쉬워도 잘 쓰기란 어렵다고들 한다. 우리 사회는 돈을 잘 벌어야 한다는 얘긴 많이 하면서, 어떻게 써야 하는지에 대한 가르침은 부족하다. 돈을 잘 쓰는 법도 돈 버는 법 못지않게 중요하다. 이런 것을 어렸을 적부터 가르치고 배워야 한다.

그래서 난 내가 만나는 아이들에게 작은 금액이지만 꼭 돈을 준다. 내가 어렸을 때 어른들이 주는 돈을 기쁘게 받아본 기억이 있기 때문이다. 어렸을 때 누군가에게 사랑을 받아본 경험, 계산 없는 베풂을 받아본 경험이 곧 교육이다. 이런 경험이 있는 아이들이 커서 남에게 베풀 줄도 안다.

앞서서 내가 출가 이후 한 번도 일을 해서 돈을 벌어본 적이 없다고 했는데, 가만 생각해보니 나도 일을 하고 있다. 세상을 위해 목탁 치고 요령을 흔들어 기도를 하는 일이다. 세상의 뭇 생명을 위한 기도와 나와 인연이 있는 모든 사람을 위한 기도다. 많은 기도 가운데 반드시 빠뜨리지 않는 것이 있다. 세상 사람들이 모두 돈이 많은 부자로 살길 염원하는 것이다. 그저 돈만 모아두고 사는 것이 아니라, 벌어둔 돈만큼의 가치 있는 일에 쓰고, 그 가치를 대물리기를 염원한다.

참으로
행복해지려거든

내 것이 별로 없는 줄 알았다. 그런데 아니었다. 최근에 요사채 수리를 하면서 깜짝 놀랐다. 세상에 태어나 출가하고 현덕사 개원 이후 지금까지 살아오면서 나와 함께했던 물건들이 이렇게 많다는 것에 말이다. 사람이나 물건이나 오래 쓰다 보면 낡고 망가진다. 겨울이면 방 안과 밖구별이 안 될 정도로 어디선가 동장군의 황소바람이 스며들었다. 그래서 오랫동안 벼르다가 전체 요사채 방풍, 방한, 방음 공사를 했는데, 다락방이나 창고 등 곳곳에 반세기 넘게 함께 살아온 흔적이 켜켜이 쌓여 있었다.

퀴퀴한 먼지 냄새와 함께 오랜 세월의 냄새가 그리움의 향기로 다가왔다. 은사 스님께서 입으시던 초발심 때 받은 명주 누비 두루마기가 보자기에 고이 싸여 있었다. 본래의 명주 두루마기는 간 곳이 없고 깁고 덧붙이고 꿰맨 자국이 더 많은, 한 곳도 성한 곳이 없는 누더기가 되어 있었다. 명주라 가볍고 따뜻해 사시사철 온 산으로 천지사방 입고 다녔던 명주 두루마기다. 참으로 감회가 새로웠다.

오래전 썼던 전화기며 카메라, 편지나 카드, 엽서 등 한 때는 반갑게 받아 읽었을 것들도 있었다. 손때 자욱이 남아 있는 수많은 책도 그중 하나다. 한 번도 들춰보지 않은 새 책들도 있었다. 사진도 많았다. 흑백 사진부터 빛바랜 사진들이 겹겹으로 차곡차곡 쌓여 엄청난 수로 남아 있었다. 지금도 쓰고 있는 디지털 카메라나 휴대전화에도 많은 사진이 들어 있다. 컴퓨터의 하드디스크에는 더 많은 수의 사진과 틈틈이 썼던 글까지, 살아온 흔적들이 사라지지 않은 채 고스란히 남아 있었다. 내게 남아 있는 것도 이 정도로 많은데, 내가 누군가에게 보낸 편지나 SNS로 소통한 말과 글도 무척이나 많을 것이다.

추억을 소환한 물건도 있지만 아무짝에도 필요 없는 물건들이 더 많았다. 무엇에 어떻게 쓰는지 용도도 모르는 물건들도 있었다. 그게 쓰레기다. 삶은 곧 쓰레기 생산이라는 생각이 들었다. 있으면 유용한 물건처럼 느껴지더라도 사실 없어도 되는 것도 많다. 이번에 온 절집을 뒤집어 놓고 보니 쓸 것보다 버릴 게 훨씬 많았다. 결국 아무 데도 필요 없어 쓰레기봉투에 바로 던져버린 폐품이나 쓰레기를 수십 년 동안이나 안고 살아왔던 것이다.

버리고 버려도 또 버릴 게 나온다. 많은 사람들이, 특히 스님이나 신부, 목사 등 종교인들이 항상 입에 달고 사는 게 비우고 나누며 살자는 거다. 그런데 가만히 보면 나를 비롯해 종교인들이 더 욕심이 많은 듯하다. 명예, 권력, 재물 등등 모든 것을 다 가지려 하는 모습을 보이기 때문이다. 요사채 정리를 하면서 느낀 건 아무것도 필요 없다는 사실이다. 다 버리고 살아도 된다는 것을 느꼈다. 분명 버리고 줄이면 나의 삶이 좀 더 가벼울 것이고, 그 빈자리에 행복이 스며들 것이다.

이렇게 생각은 쉬운데 중생이라 그런지 쓰레기봉투에

몇 번이나 넣었다 꺼냈다 하기를 반복했다. 그래서 결국 다시 꺼내놓은 것도 있다. 아직도 욕심을 못 버린 탓이다. 뭔가를 버리기에 앞서 진정 먼저 버려야 할 것은 아상과 아만, 마음속의 탐욕이다. 참으로 행복해지려거든 마음에서부터 진정 비워야 한다.

절의
진정한 의미

　우리의 옛 어른들은 처음 만나거나 오랜만에 만나면 큰절로 인사를 했다. 첫인사가 절이었다. 혼례식도 마당에 혼례상을 차려놓고 신랑 신부가 마주 서서 집례자의 말에 따라 서로에게 큰절을 하는 것으로 시작했다. 설날에는 부모님께 드리는 세배, 차례를 지낼 때, 제사를 지낼 때, 모두 절을 했다. 절에서도 스님들은 어디서든 알든 모르든 처음 만나면 먼저 엎드려 절을 한다. 절은 우리 생활의 일상이었다.

　이렇게 흔하게 일상처럼 했던 절이 요즘엔 사라지고 있

다. 편리함과 간소화에 밀려 모든 의식이나 인사가 고개만 까딱이거나 악수로 대신한다. 자신을 낮출 기회가 사라져버렸다. 그러니 상대를 공경할 줄 모르고 귀한 줄 모르는 아수라장에 우리가 살게 된 게 아닐까 싶다. 위아래 질서도 사라지고 있는 것 같다. 절은 자기 몸과 마음을 굽혀 낮추는 행위다. 그런 절을 하지 않게 되니 자연히 질서가 사라지고 아수라장이 되는 것이다.

사찰에서는 절로 시작해서 절로 하루를 마무리한다. 좋아도 절을 하고 싫어도 절을 한다. 절에서는 '하심下心'이란 단어를 자주 쓴다. 마음을 낮춘다는 뜻이다. 잘난 마음을 낮추고 내려놓는 방법이 바로 절이다. 머리를 제일 낮은 곳인 땅에 닿도록 하는 게 오체투지다. 교만심이 높고 아만심이 하늘을 찔러도 절을 하다 보면 그 마음이 저절로 수그러든다. 성냄이나 증오도 봄눈 녹듯 사라진다.

템플스테이를 운영하는 현덕사에는 전국 각처에서 사찰을 체험하고 싶은 사람들이 온다. 대부분 젊은 사람들이다. 얼마 전 올해 대학을 갓 졸업한 청년이 왔다. 그것도 최장 3박 4일로 예약을 하고 말이다. 그냥 쉬고 싶어 왔단다.

쉬면서 과거를 돌이켜보고 미래를 어떻게 살아갈 것인가 생각하는 시간을 가지고 싶다고 했다.

무언가 도움이 되는 방법을 일러주고 싶었다. 삼천배를 한번 해보라고 권했다. 청년은 선뜻 하겠단다. 나는 절하는 법과 몇 가지 유의할 점을 일러주었다. 법당에 좌복을 깔아주고 물도 한 병 준비해주었다. 청년은 점심 공양후 바로 시작해서 밤 10시쯤 무사히 삼천배를 마쳤다. 젊어서 그럴까, 나름대로 깨달은 바가 있어서 그럴까. 절을다 끝내고도 생기가 넘쳤다. 중도에 포기하지 않고 끝까지 해냈다는 성취감이 충만한 얼굴이었다. 세상 어딜 가도, 어떤 난관이나 어려움도 거뜬히 헤쳐나갈 자신감 가득한표정이 행복해 보였다.

삼천배는 자신과 하는 싸움이다. 그 싸움만큼 힘든 싸움은 없을 것이다. 자신을 이기면 어떤 것도 이길 수 있지않을까. 중도에 포기하지 않고 삼천배를 끝까지 한다는 게쉽지 않다. 하지만 다 하고 났을 땐 무한한 자신감을 얻을수 있다. 그래서 가끔 권해보는데 성공한 사람은 지금까지서너 명뿐이었다. 그만큼 어려운 게 삼천배다. 자기와 하는 싸움은 그렇게 힘든 것이다.

　대체적으로 스님이나 불자는 절을 잘한다. 나도 현덕사 불사를 시작할 때 전국의 관음성지와 부처님의 진신사리를 모신 보궁 아홉 곳 그리고 현덕사까지 열 곳을 찾아다니며 삼천배를 했다. 그렇게 삼천배를 해서일까, 지금까지 별 장애 없이 불사를 이어올 수 있었다. 누가 시켜서 하는 참회의 절은 처음 몇백 번까지는 시킨 사람에 대한 원망으로 분노가 폭발한다. 하지만 천배를 하고 이천배쯤 하면 헐떡거리던 마음이 차분히 가라앉고 나를 되돌아보게 된다. 그리고 삼천배를 다 할 때쯤이면 모든 원인이 나에게 있다는 사실을 깨닫게 된다. 또 모두가 나의 잘못임을 인정하고 앞으로는 잘 살아야겠다는 진정한 참회의 반성과 다짐을 하게 된다. 이렇게 절은 사람을 새롭게, 거듭나게 하는 힘이 있다.

　절은 자기 수행의 기본이다. 절은 사찰의 부처님 앞에서만 하는 게 아니다. 언제 어디서든 좌복 한자리만 깔 수 있는 공간이 확보되면 할 수 있다. 절을 하다 보면 나도 모르게 '하심'을 배우게 된다. 자신을 낮추고 상대를 공경하고 귀하게 여기는 마음이 싹튼다. 삭막한 세상이 자비심으로 충만해질 것이다. 그러면 자연스럽게 사랑이 가득한 아름다운 세상이 될 것이다.

부처님
오신날

    부처님오신날을 맞이하여 온 나라 방방곡곡 사찰과 암자에 형형색색 아름다운 연등이 진리의 불을 밝혀 지혜의 길을 인도하고 있다. 연꽃은 불교를 상징하는 꽃이다. 연꽃은 진흙탕 속에서 자라지만 더러움에 물들지 않고 깨끗하고 청정하다. 부처님을 닮아서다.

    연등의 불빛은 광명이고 정의이고 진리다. 우리가 사는 사바세계를 미혹의 세계, 무명의 세계, 어둠의 세계라 한다. 어둠의 세상에 환하게 불을 밝혀 진리를 구현하자는 염원이 등불 공양에 담겨 있다. 부처님께서 지금 우리 시대에 출현하셨다면 굳이 불교라는 이름을 짓지 않으셨으리라 생각한다. 불교는 있지도 않은 절대신을 만들어 맹신하는 종교가 아니다. 부처님은 이 땅에 존재하는 모든 중생이 주어진 환경에서 자연을 거스르지 않고 순리대로 행복하게 살아가는 것을 최고의 선이라 가르치셨다.

삶의 궁극적인 목적은 행복하게 살아가는 것이다. 잘 살려고 행복하게 살려고 종교를 가지고 믿고 의지하는 것이다. 그런데 종교 때문에 죽이고 죽임을 당하는 게 지금 우리의 이해하지 못할 이상한 현실이다. 그래서 나는 젊은 이들에게 종교를 가지지 말라고 얘기한다. 열심히 일해서 잘사는 게 중요하지, 종교를 가지고 종교 시설에 가서 믿고 기도하는 것이 더 중요한 게 아니기 때문이다. 종교는 내가 원하는 대학에 가고, 원하는 직장에 취직해 행복하게 잘 사는 데 별 도움이 안 될 수 있다. 오히려 방해가 되고 장애가 될 수도 있다는 생각이다.

믿고 기도만 한다고 해서 모든 일이 다 이루어지는 건 아니다. 기도만으로 이루어지는 일은 단 하나도 없다. 만약 있다면 우연의 일치일 뿐이다. 그래도 종교를 가지고

연등의 불빛은 어두운 세상을 비추는
광명이고 정의이고 진리다.

싶다면 나이 오십이나 육십쯤 되어 가져도 늦지 않을 것이다. 그 나이가 되어도 종교 없이 바르게 즐겁고 행복하게 잘 살 수 있다면 그대로 살아도 좋을 것이다. 짓지도 않은 죄의 짐을 억지로 만들어 힘들게 지고 살 이유가 무엇인가?

불교는 어떤 절대신에게 맹목적으로 매달리거나 기도하는 종교가 아니다. 경상도 말로 '지 팔은 지가 흔드는 것'이다. 어떻게 사느냐에 따라서 행복과 불행이 결정된다. 성공도 실패도 마찬가지다. 모든 것은 자기가 지은 대로 받는 것이다. 자업자득이다. 부처님의 가르침은 삼독심三毒心을 버리고 지혜를 증득하여 아름다운 삶을 살 수 있도록 하는 데 목적이 있다.

삼독심의 첫째는 탐욕貪慾이다. 모든 불행의 근원은 욕심에서 비롯된다. 탐욕을 버리고 나누기를 좋아하고 베풀기를 좋아한다면 그 삶은 틀림없이 풍요롭고 아름답다. 부처님 말씀 중에 가장 강조하신 말씀이 보시다. 말 그대로 널리 베풀라는 뜻이다. 봄에 씨앗을 뿌리지 않고 어찌 가을에 수확을 꿈꿀 것인가? 병 중에 제일 큰 병이 인색한 병이다. 베푸는 데는 있고 없고가 중요한 게 아니다. 베풀려고 하는 마음이 중요하다.

둘째는 진심嗔心이다. 화를 내는 마음이다. 부처님은 미소 짓는 웃는 얼굴이 참다운 공양구라 하셨다. 온화한 얼굴이 최고의 자산이다. 부드러운 물방울이 바위를 뚫듯 부드러움만이 강함을 이길 수 있다. 성냄과 화냄으로는 그 어떤 것도 이룰 수 없다.

셋째는 치심癡心이다. 어리석음을 말한다. 중생은 무지해서 어리석은 것이다. 수행과 바른 정진으로 지혜를 증득하여 세상과 더불어 조화롭게 사는 게 진리다. 홀로 가만히 자신을 반조해보면 정말 잘난 게 없음을 깨닫게 된다. 진정 자신의 어리석음을 깨닫는 이야말로 현명하고 지혜로운 사람이다.

등불은 어두운 밤길을 환하게 밝혀 웅덩이에 빠지거나 돌에 채여 넘어지지 않게 한다. 부처님은 열반에 드시면서 제자들에게 '자등'명법등'명自燈明法燈明' 하라고 일러주셨다. 말 그대로 자기 자신을 등불로 삼아 살아가라 하셨다. 진리를 등불로 삼아야 바르고 행복하게 살아갈 수 있기 때문이다.

　세계 도처에서 종교라는 이름하에 수많은 사람이 죽고 인간을 불행으로 몰아가고 있다. 부처님이 이 시대에 살아계신다면 내 종교 네 종교 따지고 편 가르지 않으셨을 것이다. 지구상의 모든 사람들이 서로 이해하고 사랑하고 조화를 이루어 행복하게 살아가도록 하셨을 것이다. 그것이 부처님이 이 땅에 오셔서 전하신 가르침이다.

공수래
공수거

　빈손으로 왔다가 빈손으로 돌아가는 게 우리 인생살이다. 그런데 지금 세상 돌아가는 것을 보면 온갖 불법과 탈법으로 땅따먹기를 하는 것 같다. 먹고 먹어도 배고픈 아귀 같은 이들이 온 천지에 가득하다.

　예전 어렸을 적 장난감이나 놀이가 별로 없던 시절 이야기다. 여자아이들은 소꿉놀이할 때 깨진 옹기나 사기 조각을 주워 솥과 그릇으로 삼았다. 거기에 밥을 짓고 반찬도 담아놓았다. 물론 밥과 반찬 재료는 주위에 있는 흙이나 모래 또는 들풀이었다. 내 것이 더 예쁘고 맛있다며 서로 우기고 다투기도 했다. 남자아이들은 땅따먹기 놀이를 많이 했다. 땅에 둥그렇게 큰 원을 그려놓고 그 안에서 납작한 돌이나 사금파리를 손가락으로 튕겨 금을 긋고 땅을 넓히고는, 마지막에 가장 넓은 땅을 차지한 아이가 이기는 놀이였다. 놀다 보면 개중에 한두 명이 꼭 슬쩍 선을 더 긋거나 자기 맘대로 떼를 써 사소한 말다툼이나 싸움이 일어났다. 그렇게 놀다가도 저녁 먹으라는 어머니 목소리가 들리면 하나같이 언제 그랬냐는 듯 애지중지하던 소꿉놀이 살림살이를 훌훌 다 내팽개치고, 한 뼘이라도 더 차지하려 욕심부렸던 땅따먹기 금도 발로 쓱쓱 뭉개고 아무 미련 없이 모두 집으로 뛰어 돌아갔다.

우리 인생살이도 이와 다를 게 하나 없다. 때가 돼서 저승에서 부르면 다 놓고 떠나야 한다. 문제는 그때가 정해져 있지 않다는 사실이다. 언제 갈지 아무도 모른다. 가는 데 순서 없고 예고도 없다.

이러한 인생의 법칙을 모르는 사람이 있을까. 그런데 이상하다. 너나없이 아무것도 모르는 것처럼 행동하니 말이다. 옛날 어른들은 쉰 살이 넘으면 언제든지 갈 준비를 하고 살아야 된다고 말했다. 다음날 아침에 혹여 일어나지 못하더라도 부끄럽지 않도록, 소꿉놀이와 땅따먹기 끝낼 때처럼 부르면 아무 미련 없이 갈 수 있도록.

지금 현덕사 주변은 눈길 가는 곳마다 온통 꽃 잔치가 벌어지고 연두색 새잎이 피어나고 있다. 이리저리 둘러보면 눈이 아주 편안하다. 날씨까지 좋아 파란 하늘에 흰 구름이 둥둥 떠 있어 아름답기 그지없다. 그런 하늘을 보면 가슴 저 밑바닥에서 한없는 기쁨이 샘솟는다. 눈물이 날 만큼 순수가 일렁인다. 산새들의 노랫소리 또한 참으로 정겹게 들린다. 자연의 베풂에 무한한 행복감을 느끼는 요즘이다.

그러나 이 자연까지도 언젠가 다 놓고 가야 한다. 그러려면 아귀 같은 욕심을 깨끗이 몰아내야 한다. 나부터 시작해 너, 그리고 우리 모두가 그 욕심을 몰아내면, 우리 사회는 꽃 잔치가 열리고 연두색 잎사귀가 돋아나는 저 아름다운 자연처럼 되지 않을까. 온갖 부정과 탈법으로 얼룩진 곳곳을 깨끗하고 편안한 곳이 되도록 함께 만들어가야 한다. 한 걸음씩, 한 뼘씩, 그런 세상으로 옮겨가야 한다. 인간은 욕심으로 뭉쳐진 존재라 쉽진 않겠지만 쉼 없이 마음을 닦고 비워야 하리라.

끊임없이 솟아나는 욕심을 몰아내는 방법은 바로 나눔이다. 나누면 채워지는 게 세상의 이치다. 부처님은 주어도 주었다는 생각 없이 또 주라고 하셨다. 말 그대로 무주상보시다. 주면서 받기를 계산하면 그것은 진정한 보시가 아니고 거래일 뿐이다. 진정 잘 살고 행복하기를 바란다면 나눔을 실천하고 자신에게 만족하는 마음으로 살아야 한다. 부정과 탈법을 저지르며 나눌 줄 모르고 욕심만으로 사는 사람들에게 어쩌면 '공수래공수거空手來空手去'라는 말이 가장 두려울지 모른다.

사람 노릇을
하고 살자

사람이라고 다 사람이 아니다. 사람 노릇을 해야만 진짜 사람이다. 그렇다면 사람 노릇이란 무엇일까? 가장 손쉬운 일은 이웃의 길흉사를 꼭꼭 잘 챙기는 것이다. 특히 어려운 일을 당한 이웃을 나 몰라라 하지 않고 도움의 손길을 내미는 게 진정 사람의 도리다.

우리가 함께 사는 이 땅에서는 무수히 많은 일들이 일어난다. 하루아침에 삶의 터전을 잃고 가족을 잃고 천애 고아가 되어 홀로 허허벌판에 내팽개쳐지는 이들이 곳곳에 있다. 그런데 갈수록 이웃을 돕는 기부금이나 성금은 계속 줄어든다고 한다. 더 큰 문제는 금액만 줄어드는 게 아니라 참여하는 사람 숫자도 줄어드는 것이다. 이것은 행복하게 잘사는 사람들이 점점 줄고, 가난하고 불행한 사람들이 늘어난다는 의미로 해석할 수 있다.

어려운 이웃을 즐겨 돕는 사람이 자기만 알고 인색한 사람보다 훨씬 더 넉넉하고 행복하게 잘 산다는 통계를 본 적이 있다. 이 세상 모든 사람들의 궁극적인 목적은 행복한 삶이다. 오늘도 행복을 위해 각자가 추구하는 방법대로 열심히 살고 있다. 그러나 많은 이들이 돈이 많아야만 행복하다는 물질만능주의에 사로잡혀 있다. 이 시대는 돈이면 모든 것을 해결할 수 있다는 그릇된 생각에 사로잡혀 있다. 오직 돈을 벌기 위해 자기 몸이 불타는 줄도 모르고 불속으로 뛰어드는 불나방 같은 사람들이 너무나 많다. 돈의 진정한 가치는 은행에 쌓아두는 게 아니라 본인과 이 사회를 위해 이롭게 잘 쓰는 데 있다. '돈은 누구나 벌 수 있어도 옳게 쓰는 건 아무나 못 한다'라는 말이 있다. 벌기보다 쓰기가 더 어렵다는 것이다.

부처님 말씀 중에 보시 이야기가 많이 나온다. 보시란

남아돌아 베푸는 게 아니다. 자기 몫을 쪼개어 나누는 것이야말로 진정한 보시다. 베풀 때는 대가를 바라서는 안 된다. 전혀 알지 못하는 누군가를 위해 도움을 주고 보시를 하는 게 진정한 보시다.

부처님이 세상에 계실 때 '빈자貧子의 등燈'에 대한 이야기가 있다. 밤새도록 등불을 환하게 켜 어둠을 밝히는데 크고 화려하고 잘 치장한 등불들은 일찍이 다 꺼졌다. 그런데 한쪽 귀퉁이에 초라하지만 소박하게 켜진 등은 강한 바람에도 꺼지지 않고 홀로 환하게 빛났다. 제자들이 부처님께 여쭤보니, 가난한 여인이 밝힌 꺼지지 않은 등은 온 마음으로 모든 재산을 털어 보시한 공덕이 있기 때문이라고 하셨다.

보시는 꼭 물질적으로만 하는 건 아니다. '무재칠시無財七施'라는 일곱 가지 몸과 마음으로 하는 보시가 있다. 환한 얼굴로 상대를 맞이하는 '화안시和顔施', 자비로운 눈길로 사랑스럽게 바라보는 '안시眼施', 손발을 움직여 몸으로 도움을 주는 '신시身施', 사랑을 담아 자비로운 말을 건네는 '언시言施', 진심 어린 마음을 담아 염려해주는 '심시心施', 어린이

보시란 남아돌아 베푸는 게 아니라
자기 몫을 쪼개어 나누는 것이다.

나 노약자에게 앉을 자리를 양보하는 '좌시坐施', 집이나 사찰에 찾아온 손님에게 따뜻한 방에 깔끔한 이부자리로 편하게 잘 수 있게 해주는 '방사시房舍施'가 있다. 또한 '무외시無畏施'라는 게 있다. 요즘같이 어렵고 힘든 시절, 용기를 북돋아 주고 희망적인 말로 두려움을 없애주는 것을 말한다.

어느 부모나 한결같이 자식들의 성공을 위해 온갖 수고를 아끼지 않는다. 하지만 세상의 온갖 것을 가르쳐도 이웃을 위해 봉사하고 베푸는 마음을 가르치는 것만 못하다. 집착 없이 베푸는 '무주상보시無住相布施'야말로 최고의 가치다. 부자로 살고, 행복하게 살고 싶다면 농부가 봄에 씨앗을 뿌리듯 많이 나누고 베풀어야 많이 거둘 수 있을 것이다.

참 좋은
인연

　내겐 아주 오래된 참 좋은 인연이 있다. 30여 년 전 강릉에 있는 등명낙가사에서 그 아이를 처음 만났다. 그때만 해도 사찰에서 부처님오신날이면 연등을 전부 손으로 만들어 달았다. 농한기인 겨울에 보살님 10여 명이 연등 만드는 법을 배워 예쁘게 만들어주셨다. 그중 다 큰 머슴애 하나가 있었다. 그 아이가 동희다. 덩치는 큰데 어째 하는 짓이 보통의 아이들하고 달라 보였다. 또래 아이들보다 나이가 많기도 하지만 자비심이 많은 아이라 거동이 불편하거나 장애가 있는 학생들을 손잡아주고 부축해주고 좋은 일을 많이 하는 아이였다.

세월이 흘러 세상도 변하고 산천초목도 다 변했지만, 한 가지 변하지 않은 게 있다. 천진하고 순수하고 어린아이 같은 동희의 마음이다. 내년이면 나이가 쉰이지만 나를 이 세상에서 가장 좋아하는 동희의 사랑 역시 조금도 변함이 없다. 언제 물어봐도 한결같이 대답한다. 이 세상에서 우리 스님이 제일이란다. 자기가 안 좋아하면 누가 좋아하냐고 한다. 나는 동희의 사랑을 듬뿍 받고 사는 행복한 사람이다. 동희는 항상 즐겁고 행복하다. 큰 욕심이 없기 때문이다. 동희는 강릉시 장애인 축구 주전이란다. 절에 오면 축구 이야기만 한다. 그것도 발로 몸으로 공을 차는 모습을 재현해 보여주면서.

현덕사에서는 1년에 큰 행사가 두 번 있다. 동식물 천도재와 부처님오신날이다. 이때 동희의 진면목을 볼 수 있다. 바로 주차 관리다. 어디서 구했는지 모르지만 지시봉을 들고 목에는 호루라기를 차고 휙휙 불면서 차량 정리를 아주 잘한다. 동희는 단 두 가지만 빼고 세상에 모르는 게 없다. 숫자와 글이다. 그래도 법당에서 예불 올릴 때면 예불문이나 반야심경, 천수경을 잘 따라 한다. 글을 보고 하는 게 아니라 듣고 외워 따라 하는 것이다.

동희가 지금도 가끔씩 하는 30여 년 전 이야기가 있다. 연등을 다 만들고 강릉 시내에 회식을 하러 갔는데, 누가 자전거를 타고 가다 동희와 부딪혔다. 그때 내가 자기를 대신해 자전거 탄 사람과 싸워 혼을 내주었단다. 동희는 그게 그리도 좋았는지 지금도 어제 일처럼 생생하게 기억한다.

동희는 사람의 도리도 잘 알고 윤리와 도덕을 잘 지키는 효자다. 몸이 불편해 휠체어를 타고 다니는 어머니를 끔찍이 아끼는 효자다. 못난 소나무가 선산을 지킨다는 말이 있다. 사람도 그런지 잘난 아들딸 두고 동희가 시골 바닷가에 작은 아파트를 사서 어머니를 모시고 산다. 동희 어머니도 만약 동희가 없었다면 어느 자식도 거두어주지 못했을 거라 말한다. 또 몸이야 조금 불편하지만 동희가 있어 세상에서 제일 행복한 사람이라 여기고 산다. 그래서 팔순이 훨씬 지난 연세지만 얼굴이 얼마나 고운지 모른다. 맘이 편하고 기도를 많이 해서인지 온화한 모습에 자비로움이 가득하다. 몸은 불편해도 정신이 곧고 지혜로운 보살님이라 주위의 어려운 이들을 많이 도와주신다.

머칠 전 절에서 천도재가 있어 동희와 어머니가 다녀가셨다. 그리고 나와 함께 일찍 찻방에서 만나 정말 오랜만에 지나간 일들을 추억하며 많은 얘기를 나눴다. 불편한 당신의 몸을 처음에는 틈날 때마다 원망하고 불평했는데, 어느 날부터는 좋은 쪽으로만 생각하기로 했단다. 생각을 바꾸고 나니 세상이 달라 보이고 아름답게 보이더란다. 몸이 이렇게 되지 않았다면 지금도 어딘가에서 죽도록 일만 하고 있을 거라 했다. 젊었을 때 죽을 만큼 일만 했다고 한다. 다른 사람들보다 여러 곱절 더 했다며, 옛날에 오대산 산등성이에 헬리콥터 착륙장을 지을 때 그 많은 벽돌을 동희하고 둘이서 며칠 동안 등짐으로 나른 이야기를 들려주셨다. 자식들 키우며 먹고살려고 정말이지 억척스럽게 일했단다. 그랬으니 나이 먹어서 편히 쉬라고 이렇게 된 것이라 여기고 산단다. 이런 맘으로 사니 너무너무 편하고 좋다고 하셨다.

내가 보기에 비록 글을 모르고 숫자는 모르지만 천성

이 고와 남을 배려하는 동희야말로 이 시대의 진정한 부처
님이다.

참
고맙습니다

오늘은 병원 가는 날이다. 이른 새벽 혼자 운전을 하고 간다. 동쪽 하늘에 빛나는 샛별이 참으로 아름답고, 서쪽 하늘에 지는 그믐달이 나의 길동무가 되어준다. 풀 내음과 솔향기가 묻어나는 꼭두새벽, 청량한 공기가 가슴속 깊이 파고든다. 행복이 물밀듯 밀려온다. 이런 행복을 느낄 수 있어 살아 있음에 감사하다.

찬 새벽에 일어나 따뜻한 물로 세수를 할 수 있도록 긴긴밤에 졸린 눈 비벼가며 전기를 만들어 이곳까지 보내준 누군가의 수고로움에 진정 고마움을 느낀다. 이곳은 산속이라 아침저녁으로 제법 기온이 차고 쌀쌀하다. 한 올 한 올 실을 짜 옷을 만들어 이렇게 따뜻하게 입을 수 있게 해 준 손길에게 늘 감사한 마음이다.

살아가면서 누구든 의식주를 저버리고 살 수 없다. 의 식주는 절대적이다. 살아가는 목적이 의식주를 해결하는 데 있다. 한여름 땡볕 아래 농부들의 굵은 땀방울이 없었 다면 쌀 한 톨 얻지 못할 것이다. 수많은 채소와 과일을 매 일같이 끼니마다 먹는다. 고기를 잡는 어부가 있어 생선 반찬을 먹을 수 있다. 집을 짓는 건축가와 목수가 있어 편 안한 안식처에서 푹 쉴 수 있다.

차를 타고 새벽 산길을 내려가면서도 고마운 마음이 든 다. 시멘트 포장이 잘된 꼬부랑길이 참 편하고 안전하다. 새롭게 만들어진 고속도로 덕분에 자주 오가는 서울 길이 훨씬 빠르고 편하다. 길고 짧은 수많은 터널과 높고 긴 다 리를 달리면 저절로 숙연한 마음이 든다. 험난한 산에 굴 을 뚫어 다리를 놓고 길을 만들 때 밤낮으로 일하고 고생 했을 수많은 사람들의 열정과 정성이 가슴에 와닿기 때문 이다.

앞에 달리는 차도, 옆에서 나란히 가는 승용차도, 화물을 가득 싣고 달리는 화물차도, 나와 연결된 연기법 안에 있는 것이다. 차가 조금만 밀리면 화내는 사람들을 흔히 본다. 본인도 차를 가지고 다니면서 남을 탓하는 게 이 시대 보통 사람들의 사고방식이다. 길은 온갖 차들이 함께 달리기 위해 만들어진 것이다. 나 혼자 쌩쌩 다니라고 만든 게 아니다. 오히려 함께 살아가는 세상 모든 사람들에게 함께함을 감사해야 한다. 세상은 나 혼자 살 수 없는 곳이다. 이 지구상에, 아니 대한민국에 나 혼자뿐이라면 어떻게 살아갈 것인가? 생각만 해도 끔찍하다. 그러니 이 나라에, 이 지구에 함께 살아가는 모든 이들이 너무나도 귀하고 소중하고 고마운 분들이다.

출근길 서울 도로는 차들로 가득해 밀리고 밀린다. 온갖 차들의 매연 속에서 원활한 교통 흐름을 위해 고생하는 경찰관의 수고에 박수를 보낸다. 병원 건물 중앙에는 병원 설립자의 자그마한 흉상이 있다. 병원에 갈 때면 꼭꼭 동상에 합장하고 고개 숙여 진심으로 감사의 예를 드린다. 수많은 환자들의 고통을 낫게 해주셨기 때문이다. 나도 이곳에서 새로운 삶을 살게 되었다. 입원해 있을 동안 밤낮으로 의사와 간호사들의 헌신적인 간호를 받았다. 지금까지도 도움을 받는다.

열몇 시간 동안이나 수술을 집도한 의사들의 고생은 이루 말할 수 없다. 그저 고맙고 감사한 마음뿐이다. 나를 살리기 위해 밤을 낮 삼아 공부하고 노력하여 유능한 의사가 되었기 때문이다. 그저 모든 분들의 삶이 오직 행복하기를 염원한다. 간호사도 의사도 누군가의 귀한 아들이고 딸이고 가족이다.

이 시대에 태어나 온갖 혜택을 누리고 산다. 이런 호강은 결코 내가 잘나서가 아니다. 먼저 이 땅에 살다가 가신 분들의 노고와 수고로움 덕분이고 은혜다. 지금 살아 있는 사람들은 먼저 살다 가신 분들의 은혜를 잊지 않고 항상 고마운 마음을 간직해야 한다. 은혜를 모르는 사람은 박복하고 불쌍한 인생이다.

살아가면서 스치는 수많은 사람들 한 분, 한 분이 소중하고 귀하다. 그런데 대한민국 사회는 혼탁하고 아비규환이다. 너는 죽고 나만 잘살자는 세상이다. 그러나 너는 죽고 나만 잘사는 법은 절대 없다. 너와 내가 더불어 사는 곳이 세상이다.

많은 사람들이 기도를 하고 산다. 아침저녁 수많은 천지 신들께 한다. 그 기도는 자기만을 위한 기도여선 안 된다. 내 아들딸만 잘되기를 기도한다면 결국에는 못난 저 집 아들딸을 사위로 며느리로 받아들여야 한다. 내가 아닌 타인을 위해서 하는 기도가 진정 나를 위하는 기도인 것이다.

부처님 법은 불이법不二法이다. 너와 나는 둘이 아니고 하나다. 세상 모든 분들께 감사하고 고마워하자.

정말 고맙습니다.

억지로라도 쉬어가라

초판 1쇄 발행 2024년 1월 11일
초판 3쇄 발행 2024년 2월 20일

—
지은이   현종
펴낸이   오세룡
편집   허승 여수령 정연주 손미숙 박성화 윤예지
기획   곽은영 최윤정
디자인   최지혜 고혜정 김효선
홍보·마케팅   정성진

—
펴낸곳   담앤북스
              서울특별시 종로구 새문안로3길 23 경희궁의 아침 4단지 805호
              대표전화 02)765-1250(편집부) 02)765-1251(영업부)
              전송 02)764-1251
              전자우편 dhamenbooks@naver.com

—
출판등록   제300-2011-115호

—
ISBN   979-11-6201-419-6 (03810)
정가   16,800원